目次

「殺し屋の日常」これまでのあらすじ

（拙著『悪党たちの日常』を併せてお読みください）

プロの殺し屋である「私」は、表の肩書は経営コンサルタントの周旋業者から仕事の依頼を受けて報酬を得ていた。今まで（分かっているだけで）警視庁管内で九件、神奈川県警管内で一件、千葉県警管内で一件、静岡県警管内で一件仕事をしてきた。いずれも鮮やかな手口で、幾つかの事件は既に迷宮入りしているほどである。新型コロナ・ウイルスの騒ぎが過ぎて、ここに「殺し屋の日常」の第二幕が始まる。

殺し屋の日常・続編

第十三章　殺し屋の科学

「どうだね」

「どうもね」

私達の会話はいつものように始まる。前回から五年も経過している。

「元総理が死んだな」

「ああ」

「これで君の仕事は、やり難くなっただろう」

「そうでもない」

「と言うと?」

珍しい事だ、相手から質問のある事が。私が黙っていると相手が続けた。「君のやり方を真似する者が現れるかも知れない」

「インターネットで検索してかい？」

「そうだ。銃の作り方が検索できる時代になったのだからな。そのうちミサイル砲も出来るだろう」実はミサイル砲もバズーカ砲も、造り方は検索すれば出来る時代なのだが。

「まあね」私は敢えて逆らわない。

「では何が問題なのだ」相手が苛立たし気に問い詰める。

「俺の問題なのか？」私が質問を質問で返した。「問題にしたのはあんただ」私は冷静に指摘した。「俺ではない」

「分かったよ」相手はうんざりしたように続けた。「銃が簡単に作れるようでは、君の競争相手が現れるかも知れない」

「だが、未だのようだな」俺は言う。相手は嫌々言った。

「今度の仕事も、飛び道具でやる積もりはないんだな」

「その通り」私は断言した。

「そうか」彼は封筒を取り出した。今までよりかなり分厚いのがはっきりと分かる。

「兎に角、注意するに越した事はない」日本の警察を甘く見てはいけない。特に警視庁は。

「君の過去の事件は、全て未解決だ」相手は報告口調で言った。

「今回もそうなるだろうよ」私が予想すると、相手は盛んに首を振りながら「どうしてそう断言できる?」と、突っ込んで来た。私が黙っていると対象者に関する情報を提出した。「必ず返してくれ」私が尚も沈黙を続けると「分かったよ」うんざりしたように、依頼者を口にした。続けて理由も口にした。そして最後に「頼むから捕まらないでくれ」と締めくくった。

対象者を監視し始めてから既に一週間が経過していた。

対象者は、毎朝自宅を出発すると最寄りの駅から私鉄に乗り、渋谷駅を経由して丸の内で降りる。オフィス・ビルの立ち並ぶ立派な街並みを自信たっぷりに歩き、自分のオフィスのあるタワー・ビルに姿を消す。

私はオフィス街を行き交うビジネス・パースンを見ながら、時代の変化を感じざるを得なかった。十年前はこの辺りは慌ただしさしか感じられなかったものだが、今は余裕すら見て取れる。コロナの影響で時差出勤が当たり前になって、人の数が少なくなっているのもその理由の一つかも知れない。私が社会人になった頃は「モーーレッツ社員時代」であった。

それは兎も角、対象者は今までの対象者と同じように判で押したような社会生活・仕事を送っている。昼食は仕事仲間と思われる上等なスーツ姿の男性やパンツスーツの女性達と近くのレストランやリストランテで食事を摂っている。コーヒー・ブレイクはオフィス内で摂るらしく、姿を見せない。

相変わらず、あと一週間は監視を続けないと、いつ・どこで・どうやっての結論が出ない。

「どうだね」

「跳ね返りはない」

三週間後、相手のオフィスで向き合っていた。これも五年前と同じである。

「警察は、背後から狙撃された事で奈良の事件の模倣犯の可能性も視野に入れて捜査している」五年前と同じく、相手の情報源は驚くほど警察内部に食い込んでいる。

「君が対象者の背後から狙撃したからだ」相手は非難するように言った。「確か飛び道具は使わないと言ったはずだが」非難するようでもない口調に変わって相手は私を凝視した。

私はゆっくり言った。「あの時はそう言ったまでだ」

私は冷静に続ける。「監視を続けると、狙撃しかないと判断したんだ」

相手は無言で私に話を続けさせた。

「何しろ常に背後を警戒する人物だったからね」私は対象者をそう評した。

「成程」相手は頷いた。「書類を返してくれ」相手はいつものダンヒルのライターで、私が返した一枚の書類を灰皿の上で燃やした。「確かに常に注意深い人物だった」彼が過去形を使った事に、私は興味を持った。「それで飛び道具にしたのか」私が黙っているのでこれは質問ではなく、相手の独り言になった。

私は二週間に及ぶ監視の結果、極めて用心深い対象者に接近しての殺害は危険を伴うと判断した。そこでインターネットで検索した武器の造り方そのままに、見事な空気銃を製作し事に及んだ。弾丸は遺体に残したままである。近付く事は折角の工夫を台無しにしかねない。

「後金だ」相手は更に分厚い封筒を差し出す。私は検めもせず胸の内ポケットに押し込んだ。押し込まないと入り切れない分厚さであった。

「頼むから捕まらないでくれ」相手が締めくくった。

第十四章　殺し屋の活躍

「どうだね」

「どうもね」

私達の会話はいつものように始まる。前回の件から三週間後の事である。

「君の前回の件は未解決のままだ」相手は感心するふうでもなく続けた。「君が飛び道具を使った事で、この業界で俄然需要が高まってきている」

「そうなのか？」私は最大五年の間隔が三週間に縮まった事を意識せざるを得なかった。時に間隔が一か月から二か月、そして三か月に及んだ六、七年前を思い出していた。その頃は、新型コロナ・ウイルスなどこの世の中に存在しなかった。

「対象者だ」相手は一枚の書類を出した。

「言うまでもないが」相手は確認した。「終わったら、必ず返してくれ」

私は無言で応える事で応えた。

「分かったよ」相手は言った。「依頼人は」名前を告げた後に「理由は」と簡潔に述べた。

そもそも人を殺したい理由に複雑なものがあるだろうか？　相手を亡き者にして自らが得をする、単純明快でしかないではないか。だから殺人事件は他の犯罪と比べると容疑者の特定が比較的可能なのである。従って人を殺したい者は自分で手を下す事をせず、委託殺人を選択するのであろう。

「頼むから捕まらないでくれ」相手は必ず同じ事を言う。確かに。日本の警察を甘く見てはいけない。


対象者を監視して一週間が経過した。

対象者は以前私が監視した人物と行動が酷似している。つまり曜日によって夜の同行者がそれぞれ異なるのである。うーん。こういう女性は、私が若い頃にはいなかったように思うのだが。これも時代の流れなのであろうか。

月曜日。対象者は勤務を終えると、銀座に出て「三越」の総合案内所の前で待ち合わせをする。総合案内所の女性スタッフはいつの時代も美しい。ふん、美人でなければ「三越」に限らず受付の案内嬢にはなれないのだろう。もっとも私の対象者は更にその上をいくのは間違いない。素敵な彼氏と「銀座シックス」の高級レストランで食事をしてホテルに連れて行かれる。

火曜日はやはり銀座で、八丁目にある有名な鉄板焼き専門店「天」の受付前で待ち合わせをする。勿論別の金持ちとである。彼と彼女は常連らしく、カウンターの中のシェフから元気良く挨拶を受けている。まあ、挨拶は元気良くなければならないのだが。この鉄板焼き専門店はシェフのパフォーマンスが特に外国人観光客に受けて、ネット上で話題になっているらしい。ふん。記録的な円安で観光客はその恩恵を受けているのだろうが、我々日本人は何の恩恵を受けられるのだろう？　ステーキを堪能した二人は銀座の高級ホテルへ連れ立って入って行く。

水曜日は女性同士で飲み会らしい。同僚か同級生と思しき女性達と連れ立って、銀座のカジュアルな店（値段は必ずしもカジュアルではないが）で飲み、且つ食べている。この日の帰宅は午後十一時過ぎ。

木曜日は渋谷で待ち合わせである。渋谷は今、何回目かの再開発で色々な意味で賑わっている。問題なのはＪＲや東京メトロ半蔵門線の改札フロアから上って来ると、自分の行きたい出口になかなか辿り着けない事実である。うーん。昔は一発で行けたのに。渋谷のお相手はハンサムな青年で、如何にも金持ちのお坊ちゃんらしい。高級な寿司店に入り、その後超高層ホテルへ文字通り雲隠れする。

金曜日は恵比寿である。芸能関係の人物と思しき紳士と、洒落たリストランテで食事をし、その後ホテルへと消えて行く。

土曜日曜は自宅にいる事が多いが、約束があるらしい日は着飾って外出する。彼女は休日にヨガとかフィットネス・クラブで汗を流すタイプではないらしい。土曜、日曜に事を行うには不確定要素が多過ぎる。となると消去法からして水曜日が唯一の候補日となる。いずれにせよもう少し監視しなければ、決定できない。何しろ、報酬が報酬だからだ。

「どうだね」

「跳ね返りはない」

三週間後、私の報告はいつもの台詞で始まる。

「警察は対象者の交友関係を洗い、その中の人物が怪しいと睨んでいる」

それはそうだろう。私でも付き合っている男性達を先ず疑うはずだ。

「彼等にはそれぞれ現場不在証明があり、従って過去の事例から一つの結論を導き出すかも知れない」

私が黙っていると「分かったよ」と言って内ポケットからかなり分厚い封筒を取り出した。

「書類を返してくれ」彼はもうダンヒルのライターを握っている。いつもの儀式を済ませ、私を正面から見る。「七年前の君の事例が引き合いに出されるだろう」

「俺の事例？」私がとぼけて言った。

「そうだ。君が行ったのだからな」相手が私を馬鹿にしたように言った。

「それを言うなら、俺は依頼を受けただけだ」私は当然の事を言った。

「それでも、事は君が実行した」相手が当然の事を言った。

「まあ、あんたがそう言うのなら」私は敢えて逆らわない。

相手は怖い顔をして言う。「君が対象者の自宅前で殺害した事から、実行犯が対象者の監視を行っていたと、警視庁は見ている。当然過去の記録が洗い直されている」

それはそうだろう。私もそれを承知の上で実行した。

「それで警察はどこまで辿れるかな？」

相手は私を睨みつけて言う。「依頼された殺人までは辿れるかも知れない」

「確か容疑者にはアリバイがあるんだったな」

「そうだ」

「なら、容疑者に嫌疑の重みは掛かるまい」私が強がりではなく言った。

「だから過去の事例が検討されるんだ」相手は声に重みを増して言う。

「しかし、その結論は？」

「警視庁だけが知っている。兎に角、日本の警察を甘く見てはいけない」分かっている。何回も聞かされた台詞である。

　何故女性は今回のように多くの男性と関係を持ちたがるのであろう。そしてそれが自分の死因に繋がる事を予測し得ないのであろう。まあ予測出来たら、こういう結果にはならないのであろうが。男性がその女性に殺意を抱くのは、男性の勝手である。そこで私の出番となる。

「連絡はする」私が言った。

「頼むから捕まらないでくれ」相手は締めくくった。日本の警察を甘く見てはいけない。特に警視庁は。

第十五章　殺し屋の課題

「どうだね」

「どうもね」私達の会話はいつものように始まる。

「戦争が長引いているな」相手は言った。

ロシア軍がウクライナに侵攻を始めて、数か月が過ぎている。

おおかたの評論家は、この戦争は早期に停戦すると予想した。しかし、一部の軍事専門家は、この戦争は長期化すると解説した。その根拠として、戦争とは何か、侵略とは何か、を語った。

「あんたは、どう予想しているのだ?」私は本当に知りたくて、尋ねた。「専門家として」

相手の職業は、経営コンサルタントである。

相手は溜息を吐いた。「何度も言うようだが、君は私のクライアントではない」そこで、思考を切り替えたらしい。

「ではあとで君の意見を聞くとして、私の見解は」私を鋭く見つめて語った。「この戦争は意外と長引くだろう」

私は驚かなかったが、相手の意見の根拠を知りたかった。「何故だ？」

「何故なら」相手は解説した。専門家のように。

「この戦争は、ロシア軍のウクライナ侵攻から始まった」相手はここで一旦言葉を切った。

「侵攻と言ったが、侵略と言った方が正しいがね」相手は真剣に言う。「そして侵略された側は、どう対応するだろうか」私への質問らしい。

「必死に防戦するだろう」私は当然の事を応えた。

「その通り」相手は教師のように私を評価した。「ロシア軍の見込み違いは」相手はここでまた言葉を切った。「または、プーチン大統領とその側近達の無知は」私はどきりとした。「無知」とは、流石に言い過ぎではないかと。

相手はお構いなく解説を続けた。「ロシア軍の戦闘教義は、第二次世界大戦以降相変わらず、勝ち目を『戦力量』に求めた」相手は『戦闘教義』という言葉の意味を、私が知っている事を知っている。

戦闘教義とは、「戦い方」を言う。つまり戦闘教義は戦術の根幹であり、戦術は戦略の基本となる。

「戦力量ならば、ウクライナ軍はロシア侵攻部隊の敵ではなかっただろう」相手は極めて重要な発言をした。「しかし、防衛する側のウクライナ軍には別の戦闘教義があったのだ」相手は別の戦闘教義とは何かを、敢えて言わなかった。私にはその気持ちが分かるような気がした。

古今の戦史を紐解けば、攻撃側の戦力より少数の防衛する側が、防衛に成功した例は数多く存在する。言い方を変えれば、それほど攻撃は難しいものなのである。よく言われるのは、「攻撃側は防御側の三倍の兵力を持て」と。しかし、科学技術の発達は新しい兵器を生み出し、兵士の数だけでは勝敗がつかない時代に既に突入している。

第二次世界大戦で、スターリングラードの攻防戦に辛うじて勝利したソ連軍を先輩にもつ現在のロシア軍が、何故その戦史を教訓としなかったのであろう。ロシア人だからスターリングラードを守れたのだ、とでも思っていたのだろうか。そして、ウクライナ人はキーウを守れないだろう、とでも思っていたのであろうか。もしそうなら、とんだ思い上がりというものであろう。

「対象者だ」相手は私の思考を中断させた。私の意見は聞かないらしい。聞かなくとも分かっているのであろう。

私は丹念にその個人情報を読んだ。今までよりもある意味で、重要人物なのである。

相手は白い封筒を差し出した。前金である。

私が黙っていると、相手は依頼人の名を言った。

私が黙っていると、相手は理由を言った。

「さて、君の意見は？」ここで私の意見を聞くとは。やれやれ。

「あんたと同じだよ」私は応えた。「但し、どこかの国が停戦調停を持ち掛けたとしたら、話は変わってくる」私は私の意見を言った。

「その通り」相手は教師のように私を評価した。

「書類を返すのを忘れないでくれ」相手が言った。

監視を始めて二週間が過ぎた。

対象者は個人経営の店舗のオーナーで、夜の仕事をしている。

という事は、昼間は何をしているかと言うと。睡眠と交渉である。この交渉は様々な女性との面接である。という事は、事を行うのは対象者が睡眠をとっている時間か、夜の仕事を終えた時かである。

ところが対象者の店は明け方の四時まで営業しており、帰宅時は五時。これでは目撃者を作ってしまう。最近の朝は、結構な人が働きに出ているか、働きから帰るからである。対象者が睡眠をとる昼間は尚更である。対象者の住まいは、オートロック式のマンションで、侵入自体は不可能ではないが、かなりの危険を覚悟しなければならない。人通りの多い街で、目撃者を作りやすい。

まさに「攻撃より防御が有利」なのである。

私は、先日の相手との会話を思い出していた。ここは、工夫が必要である。いつ・どこで・どうやって、といういつもの課題である。


「どうだね」

「跳ね返りは、ない」

相手は既にダンヒルのライターをその手に握っており、私が差し出した書類をテーブルの上の灰皿で慎重に燃やした。

　相手は私の顔をまじまじと見た。

「君は今回、またしても飛び道具を使ったな」非難しているのではないらしい。

「ああ」私は短く応えた。

「そろそろ、警視庁は考え始める頃だとは思わないのか？」相手は微妙な問題を取り上げた。

「ああ」私は短く応えた。

「あまり心配していないようだな」相手はむっとした様子はなく言った。

「心配はしているさ」私は応えた。「日本の警察を甘く見てはいけない。特に警視庁は」

「にも拘らず、君は事件の類似性を無視したわけだ」相手は突っ込んでくる様子ではなく言った。

「違うね」私は応えた。「対象者の防御を破る手段として、最適のものを選んだに過ぎない」

　相手は珍しく沈黙していた。

「先日の会話で、あんたは戦闘教義を話題に出したね」

「ああ」相手は短く応えた。

「今回の場合、対象者の職業からして、自宅も通勤途中も勿論チャンスはあった。しかし一番確実なのは、飛び道具によって自宅前で事を行う事だと判断したのだ」

私は朝五時に、自宅マンションに入ろうとする対象者を狙撃した。この時季の朝五時は、もう明るくなっている。充分に狙撃可能である。

武器は自分で制作し、既に処分してある。

「目撃者の可能性を考えなかったのか？」相手が尋ねた。

「そのために、監視を三週間続けたのだ」私は応えた。

「成程」相手は短く言った。

いつの間にか白く分厚い封筒をその手に持っている。「後金だ」

私は中身を検めることなく、上着の内ポケットに押し込んだ。

「君は、君の戦闘教義は飛び道具を基本にするつもりかね」

「違うね」私は応えた。「時と場合さ」

戦闘教義とは戦闘中に急に生まれるものではない。

『戦争学』で松村劭氏はそう述べておられる。「埃を被った古い戦史から、不断の訓練によって完成する」と。

戦闘教義は「後験科学」（人間の経験から法則性を見出す学問）の一つである。知識と経験なくして、戦闘教義は生まれてこないのである。

私もプロの端くれである。

いつ・どこで・どうやっての課題は、常に私のプロとしての力量が試されてきたのである。であるならば、今後も私の知識と経験とが試されていると言って良い。

「頼むから、捕まらないでくれ」

相手はいつもの言葉で締めくくった。

第十六章　殺し屋の貯金

「どうだね」

「どうもね」

私達の会話はいつものように始まる。

「日銀が金利を下げたな」相手が言う。

「それであんたのクライアントが損をするのかい？」

「君は知らなくても良い事に口を挟み過ぎる」相手は嫌そうに言う。

「あんたがそう言うのなら」私は逆らわない。

「君も知っているように」相手は私の顔を見て言う。「金利が下がれば円高が進む」

「そうらしいな」相手は心底むっとした表情で続ける。「円高になれば、不利な状況のクライアントも出てくる」相手は真実らしい事実を述べた。「という事は」私は閃いて言った。「有利なクライアントもいる訳だ」

「君はもう少し沈黙を学習した方が良い」相手はうんざりした口調で断言した。

相手は一枚の書類を差し出した。「対象者だ」私は素早く全ての段落を読む。

「終わったら返してくれ」私が黙っていると、「分かったよ」と言ってから依頼人の名を挙げた。更に理由を述べてから白い封筒を取り出した。最近の封筒の中身は以前とは比べ物にならないほど分厚い。何故だろうか、私には分かるような気がする。殺しの需要が高くなっているからに他ならない。需要が高まれば価格は上昇する。経済の基本原則である。


対象者の監視を始めてから一週間が過ぎた。

対象者は過去の対象者と同じく、他と著しく異なる行動を取らない。その分監視は楽だが、機会を決定する事はたやすくない。いつ・どこで・どうやっての相変わらずの課題が解決するには、あと暫くは監視を続けるしかない。


「どうだね」

「跳ね返りはない」

三週間後、いつもの場所での会話が始まる。

相手は一枚の書類を私の手から取り返して、ダンヒルのライターでいつもの儀式を執り行う。紙が灰皿の上で燃え尽きると、相手は机の引き出しから出しておいた分厚い封筒を差し出した。かなり分厚い。私はこの仕事を始めた頃に渡された封筒の「薄さ」を思い浮かべずにはいられなかった。

「君は今回も飛び道具を使ったな」相手は非難するように言った。「また事件の類似性を求めたのかね」

「そうだ」私は落ち着いて応えた。「今流行りの委託殺人は、飛び道具で事を済ませるという類似性だ」

「しかし、それでは仮に一つの事件が解決すると他にも影響するのではないか?」相手がもっともな疑問を口にする。

「多分ね」私が応える。

相手は本当にむっとして言う。「君に嫌疑が掛かるのではないか」

「危険は関係者全員が抱えるべきだ」私は平静に応える。

「それは君の考えであって、依頼人や他の関係者の意見ではないぞ」相手は鋭く指摘する。

「まあ、あんたがそう言うのなら」私は飽くまで逆らわない。

「捜査本部は委託殺人の線を追っている」相手の情報源は警察内部に深く食い込んでいる。

「容疑者には現場不在証明があるのでな」

「警察はアリバイのある容疑者の足取りを追っているんだろう？」

「その辺は君が心配しなくても良い」全く安心させるふうもなく相手が続ける。「殺人の依頼を摑まれるほど、ドジではない」

「であるならば、危険は平等に存在し結果も自ら明白だろう」私は当然の指摘をする。

「ふうむ」相手は全く納得しない様子で唸った。「まあ様子を見なければなるまい」

「その間にも依頼があるだろう」

相手は怒りを露にして言う。「いいか、今は確かに要請が多いがこの状況がいつまで続くか分からないのだ」その通り。しかし私にとって殺人の需要のある事は喜ぶべき事なのである。

なぜこれほどまでに殺人需要が高まったのだろう。一つには新型コロナ・ウイルスによる行動制限が大きいと思われる。何しろ五年前なら自由に行動できたのがたとえ犯罪行為でも、現在では様々な障害が存在する社会となった。従って専門家に依頼するのが最も功利的な方法となる。当然の帰結である。

私が今回も銃を使用したのは、インターネットで手軽に検索できる製造方法と、意外に簡単に入手できる材料の存在であった。対象者に近付く危険性を排除し、警察に捜査のきっかけを与えないための配慮であった。何れにせよ私の銀行口座の残高は、コロナ禍以前より着実に増えている。

「連絡はする」私はいつもの台詞を言う。

「頼むから捕まらないでくれ」相手もいつもの脅し文句で応えた。

第十七章　殺し屋の戦略

「どうだね」

「どうもね」

私達の会話はいつものように始まる。

相手は私を鋭く見つめている。私の様子がおかしいとでも言うように。

おかしくないはずなのだが。

「君は前回この部屋で、素晴らしい国際政治学の知識を披露したが」相手の方が国際政治に詳しい事を私は知っているが、敢えてその事には触れないでおく。

「君は、国が何を守るべきかを、知っているはずだ」相手が私の顔を凝視しながら訊いた。

「国を守る事だろう」私は、相手の質問の意図を計りかねた。

「では、具体的には国の何を守るのかね？」相手が更に訊いた。

「国土と国民か？」私は当たり前の事を応えた。

「では、その国土と国民のどちらを優先すべきかね？」相手が微妙な質問をした。

「国土か？」私は咄嗟に判断した。

「では、その国土を守るには、何をすべきだろうか？」

これは難しい質問だった。

「防衛力の強化か？」私は、あまり考えもせずに応えた。

「第二次世界大戦中、ドイツ空軍が英国本土を空襲した事は知っているね？」

「ああ」私は注意深く言った。

「その際、ロンドンは空爆の猛火に晒されて、時の英国政府はロンドン防衛のために、英空軍の配置転換を求めたそうだ」相手の歴史知識の豊富さに、私は内心舌を巻いた。

「ところが、空軍の司令官はロンドン防衛のための配置転換を行わなかったそうだ」この話の行き着く所は、いったいどこなのか。

「何故だい？」私は質問せざるを得なかった。

「首都と市民を守る事より、優先すべき防衛拠点があったからだという事だ」相手は驚くべき事実を言った。

「防衛拠点?」その時、私は突然閃いた。

「空軍基地の事か?」

「その通り」相手は、良く出来た生徒に対する教師のように応えた。

「ドーディング将軍に率いられた英航空部隊は、ロンドン防空を捨ててドイツ空軍機の撃墜を徹底した」相手が言った。

「結果、バトル・オブ・ブリテンに勝利した」相手は歴史的事実を述べた。

英国の本土の制空権を争う航空戦として、世界中の軍事関係者の知る事実である。それまでは、制海権を獲得する事こそが軍人の優先する戦略目的だったからである。

当時のドイツ海軍は、Uボートが敵海軍に脅威を与えた。しかし総力戦では英海軍に勝てる見込みがなかった。そこで空からの攻撃が開発されたのである。

「何を目的とするかが、いかに大切か。これが証明している」相手が言った。そして、突然話題を変えた。

「対象者だ」一枚の書類がようやく出てきた。

私がその内容を慎重に確認すると、相手は白く厚い封筒を差し出した。

「君への依頼が、最近頻繁だが」相手は諭すように言った。「君でなくても出来る依頼は、他に回しているのが実情だ」

そんな事だろうとは思っていた。

若手の実力者が複数存在している事を、私は知っている。

しかし、私がこの部屋を訪れる間隔は、以前より確実に短くなっていた。

「目的の大切さを話したのは、何も歴史的事実を討論するためではなく」相手は私の顔を見詰めながら言った。「この対象者を消す事が、君の目的であるからだ」

確かに、対象者は今までの中でも最も大物であった。


対象者を監視してから、二週間が過ぎた。

対象者は、鉄壁の守りの中にいる。このような事は、これが初めての事である。

対象者は、それほど重要人物なのだろう。警護の人間が、最低三人はいる。本来ならば二人で充分なのに。

私は、テレビ・ドラマの『身辺警護人』を思い出さずにはいられなかった。ドラマはあくまでもドラマだが、この対象者の警護人は、明らかにプロである。しかも若い。という事は、元警察官や元自衛官出身ではない。ある特別な訓練を受けた若手達である。

相手にとって不足はない。と言いたいところだが、私は突破口が見出せず、既に二週間が過ぎている。


「どうだね」相手が訊く。

「跳ね返りは、ない」私が応える。

三週間前と同じ部屋で、私達は向かい合っている。

「書類を返してくれ」相手が言う。

私は黙って一枚の書類をテーブルに置いた。相手は既にその手にダンヒルのライターを握っており、灰皿の上で慎重に書類を燃やした。

「捜査本部は、プロの犯行とみている」相手は報告した。

いよいよか。

私はそう思った。

「以前にもこの部屋で話し合ったように」相手は私の顔を見詰めて言った。「当然の結論を出したとも言える」相手は評論家のように、評論した。

「しかし、流石の日本の警察でも、あんたの所までは行き着けないだろう」私は評論家のように、評論した。

「何度も言うようだが、日本の警察を甘く見てはいけない」相手は評論家のように、断言した。

「甘く見ていないからこそ、言っているのだ」私は評論家のように、断言した。

「分かったよ」相手は評論家らしからぬ口調で言い、白く分厚い封筒を差し出した。

「今回の容疑者は、全てマークされている。何しろ、対象者が対象者だからな」相手が再び報告した。

「全てと言ったが、どのくらいだ?」私は完全な興味本位から尋ねた。

「十指に余るという事だ」相手が応えた。

「そんなに?」私は驚いた。せいぜい片手かと思っていたのだ。私の認識不足と言われても、弁解の余地はない。

「対象者が、かなりの大物だと知っていたはずだぞ」相手が怖い顔をして言った。

「俺は、あのような世界には疎いのだ」私は嘘をついた。それくらいの事を知っていなければ、この世界では生きていけない。

「捜査本部は、過去の未解決事件との関連も調査し始めた」相手がいきなり話題を変えた。

どうせ、私の嘘を見抜いているのだろう。

ところで、相手は「捜査」ではなく「調査」と言った。

この言葉の違いは大きい。特に私のような者にとっては、尚更である。

「君のやり方は、その筋に相当な衝撃を与えたようだな」

私は「その筋」がどの筋なのか今一つ分からなかったが、「そうかね」とだけ応えた。

「専門の警護人のいる人物だったからね」

相手が過去形で言ったのが、興味深かった。確かに対象者は既にこの世にはもういない。

私は、今回も対象者の自宅に侵入した。

勿論、一軒の家としては考えられる限りの防犯システムで守られた住宅であった。しかし、人間が考え出したものはすべからく、人間によって破られるものである。勿論、例外はあるが。

しかし、例外のないものなどこの世の中にあるだろうか。私はその例外にならないように、大胆かつ繊細に振る舞ったに過ぎない。

対象者の自宅に侵入した私は、キッチンに行きある物に毒物を塗った。この毒物は、当然闇ルートから仕入れた物である。

私が毒物を使用したのは、何年ぶりだろうか。まだ若い頃、闇ルートの恐ろしさに気が付いていない時期だった。闇ルートは、警察に辿られる危険性が極めて高いものである。その事を学んだ私は、それ以降出来るだけ毒物を使用しないでやって来た。

しかし、今回の目的を達成するには毒物しかないと判断した。

対象者は、夫人と同じ部屋で眠っていたからである。私にとって幸いな事に、警護人は同居してはいなかった。

対象者は、毎朝起きると必ず飲む飲料があった。私はそれを利用した。目的の達成のためには、闇ルートの危険性を覚悟してである。

「暫くは大人しくしていてくれ」相手が言った。

対象者の死亡が、テレビのトップ・ニュースになるほどの人物であるからだ。いや、人物であったからだ。

私が黙っていると、相手が言った。

「頼むから、捕まらないでくれ」相手は真剣な表情であった。

第十八章　殺し屋の国際政治学

「どうだね」

「どうもね」

私達の会話は、いつものように始まる。

相手の今日の服装は、オーダーメイドのスーツにバーバリーのネクタイである。タイピンは恐らくディオール、カフス・ボタンはルイ・ヴィトンと見える。靴は見れば分かるグッチの革のスリッポンである。

私は経営コンサルタントと呼ばれる職業が、これほどの富をもたらすものなのかと考えた。しかし、相手の職業はもう一つある。この方が、現在の社会状況から見ても、より儲かっているのではないかと考え直した。

この一年間は、私への依頼が引きも切らないほどで、従って仲介者である相手の収入も同様に豊かなはずである。

「合衆国大統領が、ウクライナに電撃訪問したな」相手が切り出した。

この件は、世界中に衝撃をもたらした。

「列車で行ったとはね」私が応えた。

「飛行機では、撃墜される恐れがあるからだろう」相手が、そんな事も知らないのかと言う口調で言った。

「知っているよ」私は応じた。「ポーランドから列車を使ったのには、他にも訳があったのだ」

「ほう」相手が珍しく関心を示した。「後学のために教えてくれ」

相手は知っているに違いない。私の知識が正確かどうかを、知りたいだけなのだろう。

「スーツケースをたくさん運べるからだよ」私が当然の事実を言った。「あと、部屋が何と言っても飛行機より広いからね」私は明らかな事実を追加して言った。

「それはどうかな」相手は反論した。「スーツケースの件は、ひとまず措くとして」相手が続けた。「合衆国大統領専用機の内部は、相当な広さだと聞いているぞ」

「この場合に限って言えば、専用機は使えないのだ」私は明らかだと思われる事実を言った。

「何故だ」相手が訊いた。

知っているくせに、と私は思った。

「大統領専用機は、必ず監視されている。世界中の諜報機関に」

「成程」相手は必ずしも感心しない様子で言った。「それで、専用機をポーランドに飛ばせない訳か」

「もし東欧に飛ばせば、それだけで世界中の諜報機関とメディアが大騒ぎを起こすだろう」私は分かり切った事実を解説した。「どうしてポーランドに飛ばしたのかとね」

「それでは、スーツケースの件だが」相手が思考を切り替えて、突っ込んで来た。「同じ理由からなのか」

「そうだ」私は明らかに分かり切った事実を言った。「それに絶対、列車の方が専用機よりも荷物をたくさん運べるしね」

「君が、国際政治に詳しい事を忘れていたよ」

嘘ばっかり、と私は思った。それに相手の方が、国際政治に詳しい事を私は知っている。

「どうも」私は一応言った。

「対象者だ」

相手が一枚の書類を差し出した。

対象者の個人情報が列挙されている、貴重な書類である。

「終わったら、必ず返してくれ」

私が黙っていると、依頼人の名前を明かした。

私が尚も黙っていると、その理由を話した。

「分かっていると思うが」相手は分厚い白い封筒を取り出して、私に差し出した。「君への報酬が、以前より増額されている」

大変喜ばしい事である。恐らく「殺し」の業界は賑わっているのであろう。勿論、私だけが「仕事」をしている訳ではないが。

「報酬が高いという事は」相手は私を見詰めて言う。「もしも失敗したら、反動も大きいという事だ」

言われなくても分かっている。

それに私にとって重要な点は、「仕事」そのものの難易度も上がっている事実である。

監視を始めて一週間が経過した。

対象者は、自宅にさし回された車で勤務先に向かう。車はＢＭＷ。ビルディングの警備員の敬礼を受け、地下駐車場に消えて行く。私は外で一日を過ごす事になる。対象者は、外出をしないからである。

夕刻に車が地下駐車場から出て来る。警備員の敬礼を受け、真っ直ぐ自宅に戻る。自宅前で運転手の敬礼を受け、自宅に入る。

これでは、手の出しようがない。

それでは、今まで行ったように自宅に侵入して事を行うのか。

もう暫く監視を続けないと、いつ・どこで・どうやって、の三つの回答が得られない。

「どうだね」相手が訊く。

「跳ね返りは、ない」私が応える。

三週間前と同じ部屋で、私達はテーブルを挟んで座っている。

「書類を返してくれ」相手が言う。

私はいつものように、黙って一枚の書類をテーブル置いた。

相手はダンヒルのライターを既に構えており、テーブルに置いてある灰皿の上でいつもの儀式を行った。

「捜査本部は近年の未解決事件から、いよいよある可能性を持って捜査している」相手が報告をした。

「委託殺人か？」私は確認した。

「その通り」相手は確認した。「日本の警察を甘く見てはいけない」相手はいつもの警句を口にした。

「分かっている」私は応じた。

「プロの殺し屋の存在も、視野に入れてくるだろう」相手は厳しい現実を口にした。

「分かっている」私は応じた。

「余り心配をしていないようだが？」相手が、やや意外そうに訊いた。

「心配しているさ。日本の警察を甘く見てはいないからな」私はいつもの警句を口にした。

「ふうむ」相手は本当に吐息をついた。

「君がこうして平然と、ここに座っている根拠を聞かせて貰おうか」相手は職業的興味を持ったらしく、私に尋ねた。

「依頼人が誰に依頼したかは、俺の知るところではない」私は一息入れた。

「問題は、あんたから俺に一つの線が繋がるかどうかだ」

「成程」相手は、ある程度納得したようである。「今回はやり方を変えたようだが？」

「飛び道具ばかりでは、いずれ足が付く」私は解説した。

「それで、自宅で殺害したのか？」相手が確認した。

「依頼人には、嫌疑は掛からないだろう？」私が応じた。

「それは、捜査本部の判断するところだ」相手が当然の事を言った。

「判断するさ」私は確信を持って言った。

「いやに強気だな」相手が応じた。

「依頼人が捜査本部の容疑者リストに入っているにせよ、アリバイがあるはずだ」

「ふうむ」相手はこの日、二度目の吐息をついた。

「これで、また暫くは遊んでいられるだろう」相手はいきなり話題を変えた。

相手は白く分厚い封筒を差し出した。

私はいつものように中身を検めもせず、上着の内ポケットに押し込んだ。言葉通り、押し込まなければ入らないほどの分厚さである。

私は対象者の自宅に、深夜侵入したのである。毎日同じ行動を取っている対象者を、外で襲う事が難しかったからである。

消去法によれば、自宅で事を行うしかない。そこで、ある装置を使ってセキュリティ装置を解除し、寝室で熟睡している対象者の胸をアイスピックで一突きした。夫人は別室で寝ていた。私は幾つかの現金と貴金属類を奪って、その家を出た。セキュリティ装置は解除したままで。

捜査本部は、どう考えるであろうか。私は考えざるを得なかった。

対象者が死亡して、得をする者は誰か？　それらの容疑者にはアリバイがあるはずである。

警視庁の優秀な人物は恐らく、委託殺人としてプロの殺し屋の存在を考えるに違いない。

一方、「殺し」の需要は近年急激に増加の一途を辿っているようである。

人を殺す事は、道徳的には否定されている。しかし、ハーバード大学のエリオット・グールド博士に拠れば、

「人類の脳のレベルは、約十万年前に登場して以来、少しも変わっていない。人類は環境に適応するように進化するが、自然科学も、社会科学も道徳に対しては無力であり、人類

は道徳的には進歩しない」と述べている。

実に、重い意味のある発言である。

私が黙っていると、相手が、いつものようにいつもの言葉で締めくくった。

「頼むから、捕まらないでくれ」

第十九章　殺し屋の経済学

「どうだね」

「どうもね」

私達の会話はいつものように始まる。

「戦争が終わらないいな」相手は淡々と言う。

「ロシア軍がウクライナ東部国境で攻勢を掛けているようだな」私が今朝仕入れたばかりのニュースを披露する。

「君が国際情勢に精通している事を忘れていたよ」相手が真剣な面持ちで応える。相手は私以上に国際情勢に精通しているし、何かをうっかり忘れるような事はしないという事を私は知っている。

「対象者だ」相手は一枚の書類を差し出した。私は素早く全ての段落を読む。このところ、殺しの依頼は引きも切らない。何故だろう。そんなに誰かに死んで欲しい人間がいるのだろうか。まあ、私にとっては喜ばしい事ではあるのだが。

相手が依頼人の名と殺しの理由を言う。それから「君の言うロシア軍は最近司令官を交代させたな」と、驚くべき情報を披露した。「そうらしいね」私が落ち着いて応えると、相手は鋭い視線を投げ掛けて続ける。「ロシア軍の人事に変化があるという事は、君にとってどんな意味を成すのかな?」この情報を実は私も知っていた。私だって毎日ニュースをチェックしている。

私はゆっくり言う。「綱紀粛正かな。それと、この戦争は長引くという予告と言うか宣言と言うか」私はそこで言葉を切る。

「成程」相手は感心したよというふうに頷く。「君の国際情勢の分析力はたいしたものだ」珍しく私を持ち上げる。

私は相手の国際情勢の分析力の方が優れている事を知っているが、ここでは敢えてその事を持ち出さないでおく。

相手が、最近の殺しの相場で膨らんだ白色の封筒を私に差し出した。「戦争が長引くと、どのような事態を生むのだろうか?」相手は私の国際情勢の分析など必要ないはずだが、私は一応自分の考えを述べる。

「小麦粉と原油の価格は上昇したままで、便乗値上げも含めて様々な価格の高騰が今後も続くだろう」

相手が我が意を得たりという感じで頷く。「戦争で人が死ねば、普通は命の値段は安くなるはずだが」私は相手の言わんとするところが分かる気がしたが、「そうなのか」としか言わない。相手は私の顔を鋭く見て言う。「必ずしもそうではない。君の受け取る報酬が、今の戦争前よりも多額になっている事実からも分かるだろう」確かに。

私が「需要と供給の法則からして、俺としては素直に受け入れているよ」と言う。

相手が溜息らしきものを吐いた。「君は確かに経済の専門家だ」

経済の専門家からの誉め言葉と捉えて、私は頷いた。「有難う」

相手は本当に溜息を吐いた。「書類を返すのを忘れないでくれ」


対象者の監視を始めて一週間が経過した。

対象者は毎朝自宅マンションを出ると、最寄りの東京メトロの駅から乗り換え一回で職場の六本木のビルへ入って行く。

昼は同僚の美人達と近くのカフェやレストラン、リストランテで食事を摂る。コーヒー・ブレイクも仕事仲間と共にスターバックスや本格的な喫茶専門店でコーヒーや紅茶を飲んでいる。勿論巨大なケーキや黄色いプリン等も一緒だが。

私は彼女達があれほどのカロリーを毎日摂取しながら、何故あのような体型を維持出来るのか疑問に思わざるを得なかった。それくらい、対象者とその職場仲間達はスレンダーであった。私は自分が若い頃の周りにいた女性の体型を思い浮かべていた。あの頃は「八頭身美人」等は現実には存在せず、飽くまでも理想の体型として認識されていたと思うのだが。

私は今まで、女性の対象者を何人も殺して来た。相手が女性だからと言って、何か気の毒に思ったり勿体ないと思う事はなかった。対象者は飽くまで対象者に過ぎなかった。ところが今回の対象者は少し違った。一週間が経過した時点でいつ殺すかが決められないのはいつもの事だが、殺すのを躊躇う気持ちが私にあるのに気が付いた時は驚いた。

対象者が退勤時に様々な場所で異なる男性達と待ち合わせするのにはもう慣れていた。

今時の若い女性は複数の男性と付き合い、付き合うだけでなかなか結婚しようとはしないらしい。それは自分の現在のキャリアに満足していて、その立場を維持していく方を選択しているからであろう。私の若い頃の女性像とはかなり異なるものである。しかし私はそういうものだと理解して来た。肝心な点は、今回の対象者に私が魅力を感じている事実である。勿論、異性としてである。

彼女の退勤後の行動は以下の通りである。

月曜日は渋谷で待ち合わせである。渋谷は現在再開発の真っ最中で、思った処へ出られないと言われている。しかし、彼女は楽々と目的地に辿り着いている。目的地と言うのは渋谷ヒカリエの二階である。そこで立派な服装の男性と待ち合わせて一流レストランに食事に行く。その後は高層ホテルへと姿を消す。再び姿を現すのは深夜で、ホテル玄関前に止まっているタクシーで御帰宅である。

火曜日は銀座である。間違いなく金持ちの男性と銀座シックスの三階総合案内所横で待ち合わせ、高級料理店で食事をする。その後にバーで一杯（若しくは二杯）やり、一流ホテルにしけこむ。御帰還はタクシーで同じく深夜。

水曜日は青山が待ち合わせの場所で、芸能関係者と思われる男性と流行りの飲食店に入る。その後ナイト・クラブで踊り、お洒落なホテルに入る。御帰宅は同じく深夜。

木曜日は六本木がランデブーの場所である。お相手は若いが姿勢の良い紳士で、ひょっとしたら舞台関係の人物かも知れない。有名なレストランで食事をした後クラブで一杯（若しくは二杯）、その後はもうお分かりであろう。御帰還は同じく深夜。

金曜日は誰とも待ち合わせずに、真っ直ぐ自宅へ戻る。これが不思議な事に、その後に外出もせず翌朝を迎える。夕食はどうしたのだろう？

土曜日は午前中から友人と思われる複数の女性とランチを楽しみ、夜は自宅で食事を摂っている模様。その後の外出はなし。

日曜日はジムやゴルフのレッスンで汗を流し、昼はジム関係者と食事をしている。夕食はこれまた自宅である。

私は何曜日からであろうか、彼女の魅力にやられてしまったらしい。ひょっとしたら最初の月曜日からかも知れない。では彼女の魅力とは何だったのか？　まずその輝くばかりの笑顔。次に抜群のスタイル。更に相手を和ませていると思われる話術。ううむ。これは典型的な美人の要素ではあるが、何も珍しい取り合わせでもない。であるのに私は彼女の魅力に完全に取り込まれて仕舞った。人に知られたらかなり拙い話である。そもそも関係各位に何と言い訳するのだ？

私の採るべき途は限られている。

一つは私情（！）を捨てて、対象者である彼女を殺す。これが一般的で多くの者の回答であろう。

もう一つは彼女を殺さず、関係各位を騙す。これは口で言うのはたやすいが、実際はかなり難しい。私の今後の職業生活に、大きな影響を及ぼす事大である。

私は、彼女を殺さずに皆を騙す事が果たして現実的に可能かを検討してみた。その結果、やってやれない事はないが一つ間違えれば私の生命はこの世から消え去るという結論を得た。

では具体的にはどうするのか？

まず、対象者と話をしなければならない。彼女に納得をして貰わないとその後の展開はあり得ないだろう。彼女の同意を得て、初めて私の計画は実現可能となる。

『孫子』の「計篇」に、有名な「兵は詭道なり」と言う文言がある。強大な敵軍を詐謀・奇計を用いて破る極意である。漢の韓信の軍に対して、趙の西安君は広武君・李左車の進言を聴き入れなかった。西安君は儒者であったからである。結果、西安君は泜水のほとりで斬られた。

私は勿論、儒者ではない。

しかし尚、根本的な問題が残されている。つまり、私が受けた依頼を断るという職業的立場の問題である。これまで数十年間、依頼を遂行する事で私の職業的立場は維持されてきた。それを今更投げ打ってでも、即ち私の殺し屋としての「引退」を賭けてでも彼女の命を救うのか、という価値観の評価であろう。

「引退」と述べたが、「抹殺」とも「抹消」とも言い得る結果が待っているのである。私が相手（表向きは「経営コンサルタント」の相手）だったら、私のような裏切り者は当然生かしてはおかないだろう。必然的に私を殺すために、新たに違う殺し屋を雇う事になる。私がその新しい（多分、若い）殺し屋に勝てる公算はどのくらいなのだろうか。この企てには、余りにも不確定要素が多過ぎるのである。

私の採るべき途には、果たして明るい未来が用意されているのであろうか。

第二十章　殺し屋の契約

「どういう事だね？」

「どうもね」

相手は疑わし気に私を見詰めた。会話はいつものようには始まらなかった。

「君の今回の行動は、関係各位で大きな疑問と猜疑心が噴出しているぞ。当然説明すべきだろう」

当然だろう。私はそれだけの行動をしたのだから。或いは行動をしなかったのだから。

「そうか」私は短く言う。相手はこの言葉に心底むっとしたらしく「『そうか』だと！」

相手は続けた。「他の言い方はないのか？『そうか』の他に」

「ないから『そうか』と言ったんだが」私は面倒臭くなって言った。ここで面倒になるのも良くないのだが。「一応説明はするが、あんたには気に入らないかも知れないぞ」

「くだらぬ前置きはいいから、説明したまえ」相手が当然の事を言う。

「その前に、依頼人が死んだ場合に、俺が採るべき道が決められていた訳ではないという事を知っておいて欲しい」

「依頼人が死んでも、契約は契約だ」相手が鋭く言う。

「確かに大抵の場合はそうかも知れない」私は冷静に言う。「しかしこれは世間一般の商談ではない。極めて特殊なものである事を、あんたも認めるはずだ」

「特殊なものでも商談は商談で、契約は履行されるべきものだ」相手は商取引の原則論を飽くまでも堅持する構えである。私は心の中で吐息を吐いた。

「依頼人が死んだ場合、事を行うと警察は二つの死を当然ながら結び付けるのは目に見えているはずだが」

「たとえそうでも、君は契約を履行すべきだった」

「どうかな。その場合誰かが必ず疑われていたよ」

「それはやって見ないと分からない。先ず契約履行が優先されるべきだ」

「違うね。やらなくても分かるよ」私は爆弾を落とした。いつもの部屋に一瞬しんとした間が出来た。

「何故そう言える？」相手が厳しい口調で言う。

「対象者の知人の一人が急死して尚且つ対象者が殺された場合、警察は過去の事例も参考にして二人の関係性を調べ上げ、ある結論に達するのは明らかだ」

「どんな結論だ」相手が噛みつくように言う。

「利害関係の衝突だよ。急死した人物は対象者に死んで欲しい人間の中の一人だ」

「たとえそう結論したとしても、警察の嫌疑は誰に向くのだ？」

「対象者に死んで欲しい人物、即ち依頼人だ」私は当然の理屈を言った。

「だが依頼人は急死した」相手は事実を言った。

「しかし殺しを依頼したのは事実として残る」私は事実を言った。

「それが立証出来ればの話だ」相手が微妙な事実を言った。

「立証するさ。日本の警察を甘く見てはいけない」私はここぞとばかりに、名文句を言った。

「君からその言葉を聴こうとはね」相手は怒り狂って言った。「君は亡き依頼人に嫌疑が掛からないようにするために、契約を履行しなかったと言うのだな」相手は憎々しげに言う。

「そうだ」私は強調して言った。「関係者にいらぬ嫌疑が掛からないようにしたまでだ」

「ふん。どうかな」相手はぞっとする口調で言った。「言い訳はそこまでか」相手はまだいろいろ秘密兵器を持っているらしい。

「君の行いは、あっという間にこの業界内に知れ渡るだろうよ。そうなると君への依頼は必然的になくなるだろう」私は反論したいところをぐっと堪えて、相手の次の言葉を待った。「君の職業的死活問題は明らかだ」

ここで私は反撃してやろうと決意した。「違うね。多くの依頼人は俺の行った事には関心がない」行わなかった事と言う方が、より正しいのだろうが。

「何故そう言い切れる?」相手は理解に苦しむように言う。

「依頼人は俺が行う殺しが、依頼人の要求を満たせば満足する。すべては結果だ」私は自信をもって断言した。「従って俺が確実な結果を約束できれば、依頼人は文句を言わないよ」

「それはどうかな」相手は疑わしげに言う。「君の今回の行いを、依頼人が生きていれば快くは思わないだろう」

「それはどうかな」私が言い返してやった。「この件の場合、依頼人は死んでいるのだから関心を持つはずもないだろう。それに大抵の人間は自分の事で手一杯だ」

「たとえそうだとしても、私は君の今回の行動を記憶に留めるぞ」

「構わないよ。記録に残さなければね」私はここぞとばかりに言い返した。「何だと！」

相手は再び怒り狂った。またはその振りをした。「私がこの手の事実を記録しない事は、
君も知っている癖に」記録にしたら、もしもの時に大事になる事は間違いない。

「いいかい」私は穏やかに言った。「今回対象者が死ななかった事は、亡き依頼人には気に食わないだろうが、依頼人は既に亡き人となっているんだ。さっきあんたは、関係各位と言ったが、関係各位全てが気に入らないとは思えないし、もし気に入らなければあんたに新たな依頼をしてもいい訳だろ？」私は問題の核心を突いた。「依頼を受けたあんたは、俺ではなくて別な人物に話を持って行けばいい訳だ」

　相手は呆れた表情で私を睨みつけた。「分かってきたぞ」相手は怒りを込めて呟いた。

「そういう事か」どういう事を言っているのか、今一つ分からなかったが、私は取り敢えず黙っていた。

「君が言ったように、この手の仕事をしている者は君だけじゃない」相手は厳しい現実を語った。「従って、今後は君への注文は激減するだろうよ」これが相手の秘密兵器なのだ

ろうか？

「優秀な人材がいることぐらい、俺にも分かるよ」私は虚勢を張った。張らざるを得ないのだ。「俺よりも若い者が数人いる事は、狭い業界だから耳には入ってくるよ」これは厳然たる事実だった。

「知っているならそれでいい」相手は気を鎮めたらしく言った。「今後君への連絡は無期限でないものと思ってくれ」これが相手の最終兵器なのか。「分かったよ」私は言った。「長い付き合いだったが、感謝はしないよ」私は宣言した。「あんたは、俺だから幾つもの仕事を依頼してきた。言い方を変えれば、俺でなければ難しい仕事だったからだ。これからの依頼が、あんたの言う若い者に出来る仕事ばかりだといいけどね」私は止めを刺した。

相手は穴の開くほど私を見詰めた。「いい気になるなよ」相手はぞっとする口調で言った。「技術の進歩は目覚ましいものがある。人も武器も以前とは比較にならないほど進化している。元総理の件のように、素人でも暗殺が可能な時代だ。君の時代は終わったんだよ」相手は論理的に言った。これが相手の最終兵器らしい。

「結構だよ。何と言われようと、俺は今回の自分の行動に責任は持つ」私は上着のポケットから白い分厚い封筒を取り出し、いつものテーブルに置いた。今回の前金である。当然返却しなければならない。

「もう一度言うが、感謝はしないよ。そっちも感謝しないでくれ」私は止めの止めを刺した。「若い者に手の余る依頼は、俺に回してくれて構わないよ」

相手は恐ろしい形相で言った。「そんな事は、今後二度とないだろうよ」

私は静かに席を立った。相手は座ったままであった。テーブルには封筒が置かれたままであった。

また部屋にあった死体

1

岡田は慎重に鍵を開けた。

技術の進歩はたいしたもので、どのように優れた防犯システムでもそれを解決する手段が生まれるものなのである。

その扉は都内のある高級マンションの二重にロックされたドアだったが、川崎（と紀子）が開発したシステムで難なく開錠できたのである。

岡田は玄関で素早く靴にオーバーシューズを履き、リビングに入った。

そこで床に倒れている死体を発見した。

岡田は愕然とした。五年前とそっくりの状況なのである。死体が死体である事は見れば明らかで、床に少量の血が流れ出していた。殺された事は疑いようもない。これも五年前と同じである。ではどうするか？　これも五年前と同じである。

まず金庫を探し、その前に座り込み七つ道具を取り出した。これまた五年前と同じである。違うのは、金庫が最新型で開錠するのにえらく時間が掛かった事である。何とか開錠して、現金ほか有価証券や預金通帳・貯金通帳、その他の貴重品を袋に詰め込み、他の場所を物色した。しかしここからが五年前とは異なり、寝室の箪笥の引き出しやキッチンの冷蔵庫の中に、また非常用持ち出し袋の中にも金目の物は一切なかった。部屋の住人は明らかに泥棒を警戒していたらしい。それなのに殺されてしまったのが、いささか不可解ではあるが。

岡田は最後に住人の机の前に立った。パソコンが机上にあり、メモ帳とペンが二本（黒と赤）置いてあるだけである。住人は整頓好きなのかも知れない。或いは几帳面なのかも知れない。その両方かも知れない。一番上の引き出しに、案の定鍵が掛かっている。これは岡田の七つ道具で難なく開いた。中にはかなり重要らしい書類があった。しかしどう重要なのかが今は分からない。これも袋に仕舞って、最後に玄関の靴箱を確認して部屋を出た。

扉を元通りに施錠して、エレベーターで一階のエントランスに降りた。オートロック式のボタンを操作して、道路の反対側に渡るといつもの白いセダンが駐車していた。岡田はゆっくり助手席側から車に乗り込んだ。運転席にはいつものように川崎がシートベルトをしており、岡田もそれに倣った。

川崎は「どうした？」と尋ねた。

きっと岡田の様子に異変を察したのだろう。この辺りの川崎の勘の凄さは群を抜く。

「また死体があった」岡田が短く言った。

川崎は黙って車を発進させた。川崎は五年前の事を思い出しているのだろう。何も言わないところも流石である。

岡田は既視感（デジャブ）というものを信じてはいない。経験上からも理論上からも。

しかし、今回のこの体験は岡田の宗旨替えするのにかなり物を言うはずである。

死体（しかも殺された）を一度発見する事でさえ、人生であるか無いかの体験である。

それが二度目となるとどういう事になるのだろう。

岡田は今後の行動を慎重に考え始めた。

川崎は依然黙ったまま運転に集中している。流石である。

2

岡田のマンションに到着して、玄関に入ると紀子が出迎えた。彼女は二人の様子からすぐに異変を察して、「お帰りなさい」とだけ言った。

岡田が「また死体があった」と言うと、紀子は息を呑んで二人をリビングに招じ入れた。そして何も言わずにキッチンに行き、缶ビールを持って来た。これまた五年前と同じである。

「警察に通報するのかい?」川崎が缶ビールのプルタブを開けて尋ねた。

「今度ばかりは早い方がいいね」岡田が同じくプルタブを開けて応えた。

「じゃあ今度はどこから電話するんだ?」川崎が尋ねると(五年前は都庁の地下からだったが、流石にそれは無理だと察したのだろう。流石である)、岡田が応えた。「ある商業施設の地下に適当な公衆電話がある。このビールを飲み終えたら電話するよ」

「よし、送って見張ろう」川崎が言った。「それにしても、五年前と状況が似ているな」

「死体は殺されていたんですか？」紀子が初めて質問した。

「間違いなくね。胸から血が流れていたよ。多分、アイスピックのような物で刺されたんじゃないかな」岡田は呟いた。そして紀子に言った。

「君は五年前と同じく、暫くここへは来ない方がいい」

「でも、何かのお役に立ちたいです。留守番くらい出来ます」

「いや、ここは岡田の言う通りにした方がいい」流石、川崎である。事の重大さを認識した発言だった。紀子は師匠の川崎の言葉に頷いた。

「五年前と違うのは、中島が見張り役ではない事ぐらいだ」岡田が言った。

「彼は今、何をしているんだ？」川崎が訊いた。

「大掛かりな詐欺の仕込みで忙しいんだ」岡田が応える。

「へえ。この件を聞いたら、彼はまた張り切るのじゃないかな」

「まあ、例の新聞記者には一報するかもね」

「中島さんがですか？」紀子が驚いて聞いた。

「五年前は新聞記者の存在は確かに大きかった。今回も何かの情報が得られるかも知れないからね」岡田が慎重に答えた。紀子が前回の件で、自分の事を心配してくれたのを思い出していた。

「中島には必要な時だけ知らせればいい」川崎が言った。流石である。知らせるべき時に知らせる。『孫子の兵法』である。

3

「もしもし」

「こちら四谷警察署です」

「若葉町マンションで異臭がします。見たほうがいいと思って電話しました」

「そちらはどちら様でしょうか?」

「若葉町マンションです」

岡田はそこで電話を切った。ゆっくりエスカレーターで地上に上がり、駐車スペースに止めてある白いセダンに乗り込んだ。「この後、ここで見張るのか？　それとも若葉町マンションに行くのか？」

「どちらも止めた方がいいな。危険過ぎるし、どうせ警察は迅速に動くからな」岡田は考えながら言った。

「そうだな。俺が紀子と見ていた五年前は、現場にあっという間に警察車両が来たからな」

「そうだ。日本の警察を甘く見ない方がいい」

川崎は頷くと、ゆっくり車をスタートさせた。

岡田は考えていた。いったい誰があの住人を殺したのだろう、と。

4

推理小説の世界では、誰が犯人かが最大の謎となる。例えば米国のエドガー・アラン・

ポーの名作『モルグ街の殺人』では予想外の犯人がその名を盤石のものとした。以降、英国のアーサー・コナン・ドイルの『まだらの紐』や仏国のガストン・ルルーの『黄色い部屋の謎』が、所謂フーダニット（誰がやったか？）を追求して喝采を博した。米国のヴァン・ダインの『グリーン家殺人事件』は、連続殺人ゆえに犯人が絞られてしまうきらいがあるが、古典的名作の名を欲しいままにしている。また、英国のアガザ・クリスティーの『アクロイド殺害事件』は、その奇抜なトリックゆえに、好事家の中では掟破りだとの批判も出た不朽の名作である。

しかし、やがて時代はフーダニットだけでは満足しなくなった。何故なら、誰が犯人かは動機から推理する事が可能であり、またその動機を作者が隠してはいけないという暗黙の了解があるからだ（例えば著名な『黄金の十二条』など）。従って、余程突飛な動機でも作り出さない限り、読者の鋭い推理に見破られる事がしばしばであった。

そこで作者達は、密室内の殺人を考案した。前述の三作も密室物と呼んでよい。特に『黄色い部屋の謎』は、パリの大学で論理学の講義として取り上げられたほどである。しかし密室物の代表格は、何と言っても米国のジョン・ディクスン・カーであろう。しばしば英国作家と間違われているが、生粋の米国人である。『三つの棺』に代表される一見不可能なトリックを見事に創造した。カーの優れた点は、密室物だけでなく、『皇帝の嗅ぎ煙草入れ』や『帽子収集狂事件』のような秀作を発表している事実である。

しかし、時代はまたも容赦なくトリックに飽き始める。一つには、密室物には数の限界があったのだろう。密室を幾つも作り出せる訳がない。そこで、作者達は容疑者にはアリバイがあると述べるようになった。所謂アリバイ・トリックの誕生である。英国のフリーマン・ウィルス・クロフツの一連の作品が有名だが、残念ながらこれにも限界がある。当時は列車と自動車や船が交通手段で、飛行機の登場は今少し待たなければならなかったからである。やがてライト兄弟（だけではないらしいのだが）の功績で、飛行機という新たな交通手段を手に入れた作者達は、こぞって意欲的な作品を発表した。しかし、時代はもはやハウダニット（どうやって殺したか？）に関心を示さなくなっていく。

むしろ、何故犯行に及んだかというワイダニット（ホワイダニットとも言う）に関心が集まった。特に英国においてはこの傾向が強く、アントニー・バークリーの『毒入りチョコレート事件』はその種の古典的作品と言える。犯罪研究会の六人のメンバーが一つの事件をそれぞれ推理し、六通り（実際は七通り）の異なる犯人と動機を証明しようとする快作である。

また、エドマンド・クリスピンの『お楽しみの埋葬』も、英国ならではの地方都市を舞台にした傑作である。勿論フーダニットの要素が充分にあるし、読者は最後まで犯人が分からないかも知れない。しかも殺人事件以外の要素が盛り込まれており（よくある探偵の恋愛ではない）、現代の読者でも充分に楽しめるだろう。

日本においては、江戸川乱歩以降数々の作者が傑作をものしてきたが、その中でも松本清張の『点と線』はアリバイ・トリックの代表作と言える。世界中のハウダニットの中でも優れた作品に数えられたのには、ある理由が存在している。それを今は言えないが、よく社会派と言われた作者が、その根本に「人間とは何か」「社会のあり方とは」を追求したものだからである。『ゼロの焦点』と共に、筆者の中学生時代に読んだ小説の中で、最も好きな作品の一つである。

ところで、日本の推理小説は欧米に比べると、分野がやや偏っているのが実情である。しかし平成に入って更に優れた作家が登場し、数多くの書店の棚をにぎわせている。その代表格が伊坂幸太郎氏と、東野圭吾氏である。伊坂氏の『死神の精度』は衝撃的だった。神や悪魔は小説の主人公にしやすい。そこへ死神だから恐れ入る。ましてや人間の生殺与奪権を握る主人公（死神）が、時にそれを行使しない筋立てには脱帽である。そして、東野氏の『探偵ガリレオ』シリーズや『探偵クラブ』シリーズ、『マスカレード・ホテル』シリーズは、筆者には到底作り得ない完成度である。これには東野氏の学歴が理由の一つとして挙げられるだろう。氏の専攻した物理学は、筆者の最も縁遠い学問であるからだ(言い訳です)。

このように、推理小説は多岐にわたって進歩発展を続けてきた。ここには紹介しなかった米国のハードボイルドは、それだけで一冊の専門書が書けるだけの文学的意義がある。推理小説をただのエンターテイメントと片付ける事は容易である。しかし実際は果たしてどうであろうか。

5

さて、話を本筋に戻そう。あれから五日後、四人が岡田の部屋に集合した。今回は中島もいる。紀子も危険がないと判断して、川崎が連れて来た。中島はどうやら、大掛かりな詐欺の仕込みは終わったらしい。彼は話を聞いて意気込んだ。

「またあいつに連絡するか？」

「そうだな」岡田は応えた。「今のところ、俺に嫌疑は掛からないはずだ」

「何故そう言える？」中島が訊く。川崎と紀子は二人のやり取りを興味深げに聴いている。

「何故ならば、俺は今回いち早く警察に通報した。警察が通報した者を犯人扱いする時代はもう終わったよ」

「どうして？」中島と川崎が同時に尋ねた。

「あのフィリピンの奴らを見てみろ」岡田は言った。「奴らのお陰でこの業界は大打撃を受けただろう」

「ルフィのやり方か」中島が言った。

「そうだ。あんなやり方が良く今まで通用したかと思うよ」

「確かに」ルフィと同じ詐欺師の中島が同意した。

「もし奴らの模倣犯が出るとしても、何人も人を殺したら間違いなく無期懲役か、事によると死刑だ」

「死刑か？」川崎が質問した。

「そうだ。欧米と異なり日本には死刑が最高刑だ」

「だが、だいぶ減ってきてはいないか」川崎が更に訊く。

「確かに減ってはいるだろう。歴代の法務大臣は、死刑執行書に署名するのを嫌がるらしいからな」

「まあ、自分が縄を絞めるようなものだからな」中島が言う。

「それでも、地下鉄サリン事件では死刑が確定されただろ」岡田が続ける。「死刑廃止論の一つに、誤審の危険性のためという理論がある。だが、何故死刑が日本に存続しているかというと、人を殺せば死刑になるという普遍的な抑止の理由の他に、遺族の遺恨を鎮めるためと言う意義があるからだ」岡田は一息ついた。「誤審の危険性よりも、人としての感情を優先させている訳だ」

「流石、大学で法学を履修しただけの事はあるな」川崎が言った。「まあね。無駄ではなかったよ」岡田が応えた。

「いずれにせよ、ルフィの馬鹿野郎のお陰でこっちの商売はやりにくくなったな」中島が言った。

「岡田の商売もそうだろう?」川崎が訊いた。

「まあそうだが、そうとも言い切れない」

「矛盾しているぞ」中島が突っ込んだ。

「考えてもみろ。俺達は盗みをするが、人は殺さない。奴らは平気で人を殺している」岡田が応えた。

「警察の取り組み方が異なる訳だな」川崎が察しの良いところを見せた。

「そうだ。窃盗と強盗殺人では意味合いが違って当然だろう」

「確かにそうだ」川崎が同意した。「だが、袴田事件のように死刑判決を覆し再審に持ち込まれるケースもあるぞ」

「何事にも例外はつきものだ」岡田は落ち着いて言った。「誤審がなくならないのも、裁判が人間の行いだからだ」

「かなり哲学的だな」中島が言った
この会話の最中、紀子は一言も発言しなかった。

6

「もしもし」

「久しぶりだな」

「近いうちに会いたいんだがね」

「何だ。また特ダネをくれるのか」

「まあ、そうかも知れない」

「分かった。三十分後にいつもの喫茶店でどうだ？」

「了解」中島は携帯電話を切った。相手は五年前に大きな貸しを作った大学の同級生である。警視庁記者クラブのデスクをしている。

日比谷公園の喫茶店では、中島は五年前に何杯もコーヒーを飲んだが、またしてもブレンドを注文した。

記者は五分後に現れた。

「今度はどんな話なんだ？」

「驚くなよ」中島が言った。「実は五年前と同じなんだ」

「え」流石のベテラン記者も驚いたらしい。「まさか」

「そう。そのまさかなんだよ」

「前回と同じ人物が発見者か？」流石に記者は話が早い。

「そう」中島が言った。「もうすぐ、この携帯に本人から電話が掛かって来る」

「いやに早い展開だな」記者は五年前に取材を嫌がった謎の人物（中島の知り合いの泥棒）を、思い出して言った。

「二度目ともなると、人間そうなるんじゃないかな」

「確かにそうだ。それでこの取材には条件があるのか？」

「前回と同じだ。正体は明かさない。追及もしない」

「分かった。恩に着るよ」記者は言った。「こちらは何をしたらいい？」

「それも前回と同じく、相手が言うだろうよ」中島が締めくくった。

7

「もしもし」

「死体を発見した者です」

「どのような状況でしたか?」

「殺されていました」

「死後どれくらいでしょうか?」

「専門家ではないのではっきりしませんが、死後間もなくだと思います」

「何故そう思われたのでしょう?」

「血が少量流れていたからです」

記者は、これは専門家の見立てだと思った。「有難うございます。それで警察には通報したのですね」

「所轄の警察に」

「四谷警察署ですね」記者は中島から聞いていたので、確認した。

「そうです」岡田が確認した。

「殺されていた人物は、その住居の住人ですか？」

「そうだと思います。他人の部屋で殺される人物もいるとは思いますがね」

相変わらずこの謎の人物は、ウイットに富んでいる。ベテラン記者はそう思った。

8

「さて、これからどうなる？」川崎が訊いた。紀子と共に岡田と記者のやり取りを、傍で聞いていたのである。

「記者は四谷署に照会するか、警視庁の刑事部、多分捜査一課に探りを入れるだろうね」

「捜査一課か」

「何しろ殺人事件だからな」

「窃盗は三課だったな」

「昔はね。今はどうだか。それに生活安全課も侮れない存在だからな」

「全くやりにくいね。あの首都圏近郊の広域犯罪は警視庁だけでなく、埼玉県警や茨城県警との連携が強まっているのだろう?」

「それは、考え方次第だ」

「と言うと?」

「強盗殺人事件と窃盗では犯罪の重みが違うからね」

「ケチな窃盗では連携はしないか」川崎が笑いを含んだ口調で言った。

「岡田さんはケチな泥棒ではありません」初めて紀子が口を挟んだ。

「確かに。しかしそろそろお勤めの場所を考えた方がいいんじゃないか」

「どういう事ですか?」紀子が尋ねた。

「五年前にしても、今回にしても東京都の二十三区内で殺しがあった。次もお前が事件に遭遇する可能性がなくはない」

「二度ある事は三度あるか」岡田が言った。

「昔からの諺は侮れないよ」川崎が応える。「人生、三つの坂があるからな」

「上り坂」岡田が言った。

「下り坂」川崎が言った。

「まさか、ですか」紀子が言った。

9

警視庁担当の社会部デスクは、四谷警察署の知り合いに電話を入れた。

「最近、犯罪の通報はなかったかい？」

「何故そんなことを訊くんだ？」

「ある筋の情報でね」

「そうか」相手は黙った。どこまで教えるかとっさに考えているのだろう。

「実は、昨日通報があった」

「発表していないな」記者は確認した。

「事は重大でね」相手が応えた。

「どの程度？」記者が追及する。

「第一級」相手が応えた。

「殺人か？」記者が確認した。

「そうだ」相手が確認した。

「という事は。本庁で発表があるのか？」

「そうだ。今日の午前中だ」

「有難う。恩に着るよ」

「そっちの情報は教えてくれないのか？」相手が笑いを含んだ口調で尋ねた。

「済まない、もうちょっと待ってくれ。いずれこの借りは返すから」

「期待しているぞ」相手は締めくくった。

10

警視庁の記者会見は、その日の午前九時三十分から始まった。

刑事部長と捜査一課長同席のもと参事官までが会場にいた。

記者達からは凄まじいまでの質問が飛び交った。主に何故昨日発表しなかったかというもので、これは致し方なかった。

捜査一課長は、冷静に対応した。曰く、本件は昨今の連続強盗殺人事件とは関係なく、この十年に都内で起きている殺人事件に類似するもので、各捜査本部と連絡を取るために本日の発表となった、と。

「現在、警視庁管内で殺人事件が五件存在します。それぞれの捜査本部が鋭意捜査中ですが、容疑者の特定には至っておりません。今回の事件もそれらの件に類似する点があります」

「どのような点ですか？」記者たちが叫んだ。

「まず、被害者が一撃で殺害されている点。次に、被害者の住居に巧妙に侵入している点。更に金品を奪って逃走している点。最後に、被害者に恨みを持つ者、若しくは被害者が亡くなって利益を得る者が見当たらない点です」

11

実はこれは偽りである。それぞれの殺人事件で、容疑者は存在するのである。しかし、奇妙な事にすべての容疑者に現場不在証明があった。

という事はどういう事か。答えは一つしかない。

捜査一課長はそこまで言う必要を感じなかった。少なくとも今は。

警視庁内部では、警視総監、副総監、刑事部長、捜査一課長他ごく数名の幹部のみでこの意見で一致を見ていた。

「我が国にプロの殺し屋がいるとは」ある幹部がつぶやいた。いるはずもないと思われた存在が、浮かび上がってきたのである。

暴力団の鉄砲玉ではない。報酬を貰って、それを使って生活を楽しむ快楽主義者である。少なくとも道徳主義者ではない。政治的暗殺に歴史のある国ならいざ知らず（戦前の日本がそうだったとする説があるが、筆者はその説を採らない）、右翼でも左翼の過激派でもなく、「殺し」を生業にする人物とは一体誰か。

警視庁は、何と過去二十年の未解決殺人事件を洗い直しているのである。今回の事件の発表を翌日にしたのには、それなりの理由があったのだ。

12

「それで今回の事件の容疑者の目星はついているのですか？」

一人の記者が訊いた。

「特定には至りませんが、引き続き捜査を続行し、進捗状況はご報告致します」捜査一課長は冷静に対応した。

つまり今後の発表も、本庁で行うという事である。

彼ら警察幹部達は、プロの殺し屋の存在の可能性を一切言わないで、この記者会見を乗り切ろうとしている。

中島の同級生の社会部デスクは、メモを取るだけで何も質問しなかった。特ダネの可能性が突然生まれたと言って良い。流石ベテラン記者である。警察幹部の心理を読み取っていた。

13

「殺しという犯罪は、人が思うよりも少ないものだ」社会部デスクは言った。ここは彼の所属する新聞社の一室である。数人の社会部記者と幹部社員が一人いた。

「従って、未解決の事件も含めて、犯人にはある特徴が見えるだろう」デスクは続ける。

「それは何です？」若手の記者が尋ねた。

「時には、激情で人を殺したり、欲得ずくで殺す者もいるだろう。しかし、そういう者は何度もやらない」

若手記者達は固唾を呑んで聞き入っている。

「従って犯人は」デスクは息を吐いた。「殺しに慣れた者」デスクは断言した。

「慣れた者とは？」別の若手が訊く。

「ひょっとするとだが、殺し屋だよ」

その場の殆どの者が息を呑んだ。流石に幹部社員は平静だった。

「我が国に、殺し屋が本当にいるのでしょうか？」別の若手が尋ねた。

「新聞記者たる者、何があってもおかしくないという心得を研修で教わったはずだ」社会部デスクは言った。「未解決の殺人事件とは、容疑者を絞り込めないからそうなる」デスクは続けた。「或いは容疑者にアリバイがあるからだ」

「アリバイがあると、確かに容疑者リストからは外れますね」

「そこで、殺し屋の出番となる訳だ」

「しかし、どうやってその殺し屋に依頼するのでしょう?」

「幾つか考えられるが、今はその問題よりも殺し屋の存在を公表すべきかどうかだよ」

部屋がシンとなった。

これは実に重大な決断だった。何故なら警視庁は殺し屋の存在を明らかにせず、極秘に捜査を続けている。報道陣に発表しないのは、まだ確たる事実を掴んでいないからに他ならない。

その段階で記事にすれば、大スクープになるか大失態になるかである。幹部社員がいるのは、その決断を下すためである。

「仮に殺し屋の存在が確認できれば、いわゆる委託殺人が可能になる。殺したい相手を確実に殺せるからね」デスクは言った。

「しかし、殺したくなる相手とは誰でしょう?」

「まず、何らかの恨みを持つ相手。次に死んでくれれば自分に利益が入る相手。これは多岐にわたる。遺産相続人や愛人、会社の上司、ライバルだ」

「まさか、出世争いで人を殺すのですか?」

「強盗に入って人を殺す時代だ。不思議でもあるまい」社会部デスクは言った。

首都圏近郊の一連の強盗殺人事件は、新聞紙上をにぎわしている。首謀格とみなされる男が日本に送還されて、いよいよ全貌が解明されるかも知れない。

しかし、殺し屋の問題は全く異なる事案で、今のところデスクの情報源（しかも謎の人物）しか根拠がないのである。

「君の情報源にもう一度接触できないかな」幹部社員が初めて口をきいた。

「やってみます」デスクは即答した。多分そうなると踏んでいたのである。流石、社会部デスクである。

14

「お前の知り合いと連絡が取りたい」デスクは中島に単刀直入に言った。

ここはいつもの日比谷公園の喫茶店である。桜の蕾が膨らみかけ、花粉症の人は相変わらずマスクをしている。コロナの影響もまだ色濃い。しかし、確実に世の中は明るくなりかけている。

「何を訊きたいんだ？」中島はおおよその予想をしていたが、まず尋ねた。

「我々は、殺し屋の存在を可能性として検討している」

やはり。中島は新聞記者達の勘の良さに改めて舌を巻いた。

五年前の事件の際に、岡田が示唆した事が現実となるのかも知れない。

「殺し屋なんて推理小説じゃあるまいし、本当にいるのかね」中島がわざと尋ねた。

「そこだよ。本当に存在する事を確かめたいんだ」デスクは言った。

「でもあいつは、人が死んでいただけと言っただろ」中島が思い出させた。

「殺されていたとも言っていただろ」デスクが思い出させた。

「それがなぜ殺し屋に繋がるのだ？」中島が念のために尋ねた。

「疑わしき人物にアリバイがあるからだ」

やはり。アリバイ・トリックなどはテレビドラマに任せておけばよい。現実は、裁判で絶対的な証拠となり得る。いろいろな意味で。

中島が言った。「一応伝えておく。今日中に俺から連絡を入れる。それでいいか」

「恩に着るよ」デスクが礼を言った。

「いずれ返してもらうさ」

「倍返しでも足りないくらいだ」持つべきものは友である。

15

「どうする？」中島が岡田に尋ねた。
ここは岡田のマンションで、仲間四人が揃っている。
「新聞社の情報も欲しいから、受けてもいい」岡田が応えた。
「新聞社は、どの程度事実を把握しているのだろう」川崎が疑問を口にした。
「殺し屋の存在を考えているようだ」中島が言った。
部屋がシンとした。
「やはりな」岡田が静寂を破った。
「予想していたのか？」川崎は訊く。

「新聞記者を甘く見てはいけない」岡田が応える。「彼等は優秀だし、経験豊富だ」

「そうだな」川崎が同意した。

「では、連絡を取るぞ」中島が確認した。

「条件がある」岡田が言った。「俺の存在を絶対に記事にしない事だ」

「分かった」中島は、内心ほくそえんだ。

16

「現場の状況をもう一度教えてください」社会部デスクが切り出した。ここはいつもの喫茶店で、中島の携帯電話で通話している。

「何でしょう」岡田が慎重に応じる。岡田の部屋で、川崎と紀子が岡田を見詰めていた。

「先日、部屋にあった死体が、殺されていたと言われましたね？」

「はい」

「出血があったとの事でしたが、これは素人の犯行とも考えられませんか?」

「そうかも知れません」

「しかし、貴方は玄人の仕業と見立てられたのでしたね」

「必ずしもそうは言っていませんでしたよ。殺されていたのは明らかだとしか言わなかったはずです」

「失礼しました。しかし、素人が他人の部屋でその住人をアイスピックのような鋭利な刃物で、一撃のもと殺す事は考えられるでしょうか?」

「それを考えるのは、警察ではないのですか」

「失礼しました」デスクは再び謝った。「では今回の件が、五年前と酷似しているのは、あとはどのような点でしょうか?」

岡田は慎重に応じた。「部屋の扉の錠を元通りにしていた事です」

デスクは緊張した。「普通は開けたままだという事ですか?」

「必ずしもそうとは限りませんが、玄人は自分の犯行の発見を出来るだけ遅らせようと思うものですよ」

「成程」デスクは考えた。この謎の人物は明らかに玄人である。

「これはお答えにならなくても良いのですが」デスクは予防線を張った。「今回の犯行は、プロの殺し屋だとお考えですか？」

「それを考えるのも、警察の仕事でしょう」

「警察はそう考えている節があります」デスクは確信をもって言った。「今教えて頂きたいのは、第一発見者である貴方がどう考えられたかという事です」

「五年前にも言ったと思いますが」岡田は思い出させた。「もしも貴方が見ていれば、そう思ったでしょうね」

「有難うございます」デスクは礼を言った。「今回も、取材に応じて下さりお礼の言いようもありません」デスクは礼を言いながら続けた。「我が社で出来る事はありませんか？」

「新たな情報を、中島に伝えて下さい」

「分かりました。有難うございました」デスクは丁寧に礼を述べた。携帯電話を切ると、中島に返した。

「またしても、大きな借りを作ったな」デスクは感謝した。

「まあ、いずれ返して貰えればいい」中島は鷹揚に応えた。

17

「やはりプロの殺し屋のやり口だと思うのか？」川崎が通話を切った岡田に尋ねた。

「ああ」

「お前がそう思ったのなら、そうなのだろう」川崎は岡田とは大学生の時からの付き合いである。岡田の判断に信頼を置いている。

「殺し屋が犯行をしたとしたら」紀子が初めて口を挟んだ。「誰がその人に死んで欲しかったのでしょう？」

「五年前にも言ったが、それは多岐にわたるね。まず、相手に恨みを持つ者。次に相手が死んだ場合に得をする者。この二つは明確な動機がある。だから、容疑者になりやすい」

「成程」川崎が頷いた。「そこで殺し屋に依頼する訳だ」

「それが委託殺人ですか？」紀子が尋ねた。

「そう。プロの殺し屋なんて、日本にいないと思っていられた時代は、どうやら終わったらしいね」

岡田が締めくくった。

18

「上層部が今回の事件で殺し屋の存在を公表する事に、決定した」

新聞社の幹部が社会部デスクに言った。

「もしもの場合の責任は、編集局長が取るそうだ」

「いや、私も責任を取りますよ。そもそも私の情報源から出た話なのですから」

「いや、君の情報源は大変貴重だ。君が辞めたら、その大切な情報源と連絡が取れなくなるだろう」

「しかし」

「これは業務命令だよ」幹部社員は笑いを含んで言った。

「分かりました」社会部デスクは即答した。

何としても、一大スクープをものにしなければならない。しかし、そもそもスクープは一大事ではあるのだが。

19

翌日の毎日新聞の朝刊の第一面と社会面は、社会に衝撃を与えた。

何と言っても、プロの殺し屋が日本に存在する可能性を示唆した記事だったからである。その根拠となる推論は幾つかの事実に立脚しており、決して空理空論ではなかった。

他紙の幹部達が激怒した事は、言うまでもない。

警視庁の幹部達はその報道に驚きかつ慎重に、今後の対応に心血をそそいでいる。これ以上、新聞社に先を読まれたくないからである。

四谷警察署の幹部で社会部デスクの知り合いは、デスクの手腕に唸らざるを得なかった。

20

岡田はその朝自宅で新聞を熟読し、自分の存在が一言も記事にない事を確認した。そして改めて流石だと感じざるを得なかった。

勿論、今回の殺人事件の犯人は逮捕されていないし、考えてみれば五年前の犯人も捕まっていないらしい。これは中島がもたらした情報である。

もしかして、五年前も同じ殺し屋だったりして。

岡田はどきりとした。

まさか、ね。

終わりに

筆者より、毎日新聞社に感謝申し上げます。

貴社の朝刊と夕刊を、筆者は長年にわたり購読しております。

そしていつも、様々な勉強をさせて頂いて参りました。

もしも、物語上で筆者の設定等に誤りがありましたら、ご教示くださるようにお願い致します。

殺し屋は本当にいるのか？

1

毎日新聞社の社会部デスクは、編集局長から先日褒賞を受けた。

我が国に、プロの殺し屋の存在がある可能性を示唆した一連の記事が、社会に衝撃をもたらしたからである。その事を社主が直々に編集局長に通達した。他の新聞社がどこも知り得なかった情報を、よくぞ獲得した、と。

デスクは恐縮し、かつ中島にどんな礼をすべきかを考えた。いや、中島の知り合いである情報源（謎の泥棒）にも礼をしなければなるまい。

但し、当の謎の人物は謎の人物のままでいたいらしい。それはそうだ。何しろ泥棒なのだから。従って、礼の仕方を工夫しなければならない。

しかし、どうやって？

まず至急中島と連絡を取り合い、そこで彼と相談するのが適切であろう。デスクは携帯電話で中島を呼び出した。

「そろそろ連絡が来る頃だと思っていたぞ」中島がいきなり言った。

「いつもの場所で会えないか？」デスクが訊いた。

「何分後だ？」中島が訊いた。

「三十分後」デスクが応えた。

「了解」中島が応えた。

電話を切ってから、デスクは考えた。中島は明らかにデスクからの連絡を待っていた。では、その知り合いの謎の人物（情報源）はどうなのだろう？　社内でも全く極秘なのだが（読者はご承知の通り）、情報源は泥棒である。流石のベテラン・デスクも、現役の泥棒と直接顔を合わせて話をした事はない。

泥棒が新聞記者と顔を合わせたくないのは、勿論よく分かるのだが。

2

二十五分後、中島がいつもの喫茶店にやって来た。

相変わらずいい服装をしている。デスクはブランド品に詳しくないが（他の分野には強いが）、金が掛かっている事くらいは分かる。経営コンサルタントとは、かくも儲かる職業なのだろうか。

流石の社会部デスクも、旧友である中島の裏の職業（いや、本業と言うべきか）を知ってはいなかった。

この辺が、中島の中島たる所以だ。

相手がたとえ大学の同窓生でも、自分の全てを明かさない。勿論、泥棒の知り合い（岡田の事になる）がいるのだから、中島自身も裏社会と通じている事は推測出来るだろう。

しかしその道（裏社会）では中島が、一日も二日も置かれている詐欺師だとは、流石のデスクも考えつかなかった。

デスクは切り出した。

「まず、お前に礼がしたい。今までの借りを全部返す事は出来ないが、その一部でもまず返したい」

「それはそれは」中島が鷹揚に応えた。

「そして、お前の知り合いにも礼をしたい」

「それはそれは」中島が慎重に応えた。

デスクは、中島の言い方の微妙な違いに気付いていた。流石である。

「では訊くが」中島が言った。「俺には何をしてくれるのかな?」

デスクは質問を質問で返した。「何がいい?」

「え、俺が決めるのかい?」中島がやや驚いて尋ねた。

「我が社としても、俺個人としても、出来るだけの事をしたい」

中島は、改めてマスメディアの実力を思い知らされた。岡田が以前に口にしていた事だ。

ううむ。

「それでは」中島が言った。「俺には、情報をくれ」

「警察関係か？」流石、社会部デスクである。

「俺の商売では、客の中にそういう情報に関心を持つ人物がいる事は、分かっているだろう」中島が予防線を張った。

「ああ」デスクが慎重に応えた。

「従って、情報こそ最も価値ある物だ」

「『孫子の兵法』だな」デスクが言った。

曰《いわ》く「明君賢将の動きて人に勝ち成功の衆に出る所以のものは、先知なり」と。

『孫子』その十二「用間篇」の名言である。

「分かった。情報の他に必要な物は？」デスクが重ねて訊いた。

「今のところはそれだけだ」中島があっさり言った。

「では、例の情報源には？」

「それも同じだ」中島がにやりとして応えた。

「そうか」デスクは内心唸った。

この謎の情報源は、余程の人物なのだろう。

3

三日後、デスクは都内のあるホテルのラウンジにいた。コーヒーを飲みながら（価格は高いが、確かに美味しい）、中島を待っていた。

中島は今回も、約束の時間の五分前にやって来た。流石である。所謂「五分前の精神」は、いつの世でも社会人として必須である。

彼の服装は今までで一番高価らしい。デスクでも、バーバリーのネクタイとグッチの革靴くらいは分かる。

中島は美人のウエイトレスに、コーヒーを注文した。

「このホテルのラウンジは、なかなかの美形を集めているな」中島は事実を言った。

実は、中島は仕事の舞台にこのホテルのラウンジを使った事がある。勿論、裏の仕事（つまり本業）の方である。大掛かりな詐欺の舞台としては、一流ホテルは格好の場所となる。

中島はある意味、このホテルの常連であった。それにも拘らず、中島の正体を知るホテルのスタッフは勿論いなかった。中島の中島たる所以である。

「現在過去合わせて、警視庁管内の未解決事件が二十ある。その幾つかが殺人事件だ」デスクは先ず、情報を提供した。

「そんなに？」中島は本当に驚いた。「過去何年に遡ってだ？」流石である。殺人事件にも時効があるからだ。

「二十年間だ」

「という事は、一年に一件発生している訳か」

「必ずしもそうではない」そこでデスクは、一枚の紙片を上着の内ポケットから取り出した。それはきちんとタイプされた、ある種の一覧表であった。

過去の未解決殺人事件を時系列で示した物で、全て警視庁管内の案件であった。この事は秘密でもなく、一般人でも調べる事は出来る。メディアの凄い点は、この文書の中に一般人には知り得ない極秘情報がある事実である。

「見ての通り、これ等の事件には幾つかの共通点がある」デスクは言った。中島はその書類に釘付けになっていた。

「何だ?」中島が鋭く尋ねた。

「それぞれの事件の容疑者に、不思議な事にそれぞれアリバイがある事だ」デスクが応えた。

「成程。確かにそうだ」中島が同意した。「だから、未解決なのだな」

デスクは驚いた。「その通り」

デスクは中島の頭の回転の良さは勿論知っていたが、この推論には唖然とした。経営コンサルタントという職業は、余程頭が良いのだろう。

4

その書類には、以下のような事実が示されていた。

ある年の事件では、男性の被害者は胸を鋭利な刃物で一突きにされている。

次の事件では、女性の被害者が布状の物で首を絞められている。但しその直前に、首筋に激しい衝撃を受けていた。

次の事件では、男性の被害者が心臓を刃物のような物で刺されている。その前に鈍器で頭を叩かれていた。

次の事件では、男性の被害者が頭を鈍器で砕かれている。男性は自宅で倒れていた。

次の事件では、男性の被害者の首に鋭利な刃物の一突きがあった。その直前に、鈍器で頭を三回殴られている。

次の事件では、女性の被害者がジャスミンの蔓で首を絞められている。女性はジャスミンの咲く庭のある自宅で倒れていた。

次の事件では、男性の被害者が胸を鋭利な刃物で突かれている。その前に、頭を鈍器で叩かれていた。

次の事件では、男性の被害者がネクタイで首を絞められている。その直前に首に激しい一撃を受けていた。更に一緒にいた女性に当て身を喰らわせて、縛り上げている。

最後の事件を除いて目撃者はなく、現場は自宅付近と自宅内のどちらかである。

全てが七年前から五年前に起こっており、二か月の間隔から少しずつ間が空いていた。

このほか、新聞社の独自の調査で判明した事実も記されていた。所謂、極秘情報である。以上の概要から、殺しを専門とする人物の存在を「仮説」として設定した。すると、それぞれの事件の容疑者にそれぞれアリバイがあっても、その殺しの専門家に依頼する事によって目的が達せられるのである。当然、報酬が支払われる。殺し屋はその報酬で生活しているのであろう。

日本に殺し屋が本当にいるのか。

5

中島は考えた。

殺し屋が本当にいるとして、その報酬とは如何ほどのものなのであろうか？

中島が読んだ『ジャッカルの日』では、当時のフランス大統領ド・ゴール暗殺に五十万ドルが支払われる事となった。当時の円相場は固定相場制で、一ドル三百六十円である。

単純計算すると、一億八千万円となる。

フランス共和国大統領の命の値段として、それが適正であるかは措いておくにしても、一九六四年の日本の物価を考えると多額である事は確かである。

中島は先日、大掛かりな詐欺が成功したのでその懐はかなり潤っている。稼いだ金を仲間と分け合っても、一年間は遊んで暮らせるのだ。

ジャッカルは、一生遊んで暮らせるはずだった。

しかし、ジャッカルはあくまで小説の主人公である。

では、ゴルゴ13はどうだ？

ゴルゴ13の報酬も多額である。彼は何年活動しているのかもう分からないが、仕事自体が報酬とも言える。それではシャーロック・ホームズと同じではないか。ホームズは言っている。「私にとって、仕事自体が報酬なのです」と。

ゴルゴ13の場合は、自分にしか出来ない難しい依頼を引き受ける傾向にある。それだけの技量を持った人物で、主義主張や思想信条、政治・宗教に関係なく、どの立場からの依頼も受けている。まさに、殺し屋としてのスーパースターである。

しかし、ゴルゴ13はあくまでも漫画の主人公である。

であるにせよ、と中島は考えた。現実のしかも日本の殺し屋は、それほど稼げるはずがないと推定した。その根拠は、殺す相手の身分や地位である。見せて貰った新聞社の資料では、政治家は一人もいなかった。会社の社長や経営者などで、確かに政治家よりも金持ちではあるが、その資産を継承する者が殺し屋に支払う金額は、やはりおのずと限られたものではないか、と。

6

そもそも、人を殺すとはどういう事か？

人の命は尊いものとされている。従って殺してはいけないので、もし殺した場合は極刑となる。当たり前の話である。

では、いかなる時でも人を殺してはいけないのか。実際は、殺しが歴史上から消えた事はない。文字通り歴然たる事実である。

テレビドラマ『相棒』で、前後半に分けてこのテーマが追及された。何故人を殺してはいけないのか？　しかし中島はこの番組を自宅で観ていて、法を守る立場からの意見に過ぎないと思わざるを得なかった。杉下右京ならそれで良い。

しかし、殺し屋にこの理論が通用するのだろうか。

人類で最も古い職業に、泥棒と売春、スパイが挙げられる。これに殺し屋が加われば、犯罪者集団となるではないか。

つまり人類は必要だからこそ、その職業を認めてきたとも言える。中島は自分が犯罪者でありながら、少なくとも売春とスパイは犯罪ではないと考えた。売春もスパイも法律によって禁止されてはいるが、してはいけない明確な根拠があるのだろうか。今度、岡田に聞いてみよう。そういう岡田も泥棒であるが。

中島の仲間は皆、法律を尊重していない。何故、尊重しなければならないのか。これもいずれ、岡田に聞いてみよう。中島には中島なりの理論があるのだが。

中島は段々と、日本における「殺し屋」の存在を信じるようになってきた。自分が殺したい相手がいるとして、報酬として幾らまでなら支払う事が出来るだろうか？　相手にもよるが（殺したい人物と殺し屋の両方）、中島は熟慮の結果一千万円と設定した。そう、決して高くはないはずである。

人の命は、何よりも尊いのだから。

7

社会部デスクが言った。「殺しの依頼の方法についてだが」

ここは新聞社の一室である。

若手の記者が発言した。

「まず、仲介者に依頼する方法があります」記者が調べて来た事を報告する。「但し、複数の仲介者を間に挟むやり方もあるそうです」

「他には、インターネットの活用です」別の若手記者が発言した。「これには、痕跡を辿られやすい難点があります」

「殺し屋に直接依頼する方法もあります」また別の若手記者が言った。「紹介する人物が必要ですが」

「こんなところだろう」デスクが言った。「裏社会が如何に奥深いか、これで分かるというものだ」デスクは持論を言った。

「今まで、我々は日本において殺し屋の存在を真剣に検討してはこなかった」デスクは続けた。「だが、殺し屋が実際に存在するとなると」

部屋がシンとなった。

「我々が調査した未解決事件が、殺し屋の犯行である確率は高いものになるだろう」

警視庁管内の未解決殺人事件は、過去二十年に遡り調べ上げている。先日、デスクが中島に見せた資料は五年前までのもので、勿論捜査は続けられている。しかし、解決の目途が立っているとは思えないものであった。それより新しい事件は、捜査本部が活動中で、迂闊に殺し屋の存在を取材できない。何しろあのスクープで警察関係者は、毎日新聞社に対して警戒心を湧きあがらせているからだ。致し方のない事ではあるが。

デスクは、新聞社と警察の協力関係を改めて考えざるを得なかった。過去を振り返れば、取材協力と報道規制、個人間の信頼関係など、さまざまな経緯があった。それ自体は現在も変わらない。

デスクの記事は、その協力関係とは異なる独自の情報源から書かれたものである。業界内でデスクの株は上がったが、警視庁関係者からは個人的に警戒される事となった。

今後の取材の方針を、ここで決める事が重要である。

新聞社の上層部からは、引き続き情報源を活用せよ、とだけ言われている。しかし流石の情報源も、これ以上情報をもたらしてくれるとは思えない。二度ある事は三度ない。デスクの記者としての経験からの結論である。

しかし、とデスクは考えた。現在の日本の「報道の自由度ランキング」は七十位なのである。時に七十三位にもなった。報道の自由を尊重するには、果たして報道の手段を選ばずの姿勢で良いのだろうか。報道とは事実の公表なのか。それとも真実の公表なのか。報道にかかわる者の永遠のテーマである。

デスクは決断した。

8

デスクは中島に連絡を取った。

待ち合わせ場所は、前回のホテルのラウンジである。デスクはブレンドを注文した。中島は約束の五分前に姿を見せた。相変わらず金の掛かった服装である。ホテルのウエイトレスも、心なしか対応が丁寧に見えるから不思議である。いや、不思議ではない。客の上等な服装と礼儀正しい作法に、ホテルのスタッフはそれなりの対応をするものなのである。これをサービスと人は言う。

中島はカフェ・オ・レを注文した。

「情報は引き続き知らせるが」デスクが切り出した。「現在、首都圏近郊の強盗殺人事件の情報が殆どだ」

「結構」中島が応えた。「それも大切な情報だ」

情報とはそれほど重要なものである。

日本には、その情報を重く見ない時代があった。

第二次世界大戦中、日本がアメリカ国内に放ったスパイは、西海岸のサンディエゴ軍港に多数の輸送船と艦隊が集結しており、近いうちにソロモン群島方面で大規模な反攻作戦が開始されるとの情報を入手した。しかし、その貴重な情報を日本の軍部は無視してしまった。

『「孫子」を読む』で、浅野裕一氏はこう述べておられる。

「昭和十七年中に敵の反攻はないとの身勝手な情勢判断に凝り固まっていた」と。

中島は旧日本軍部ほど身勝手ではないので、有難くデスクの情報を受け取った。

「出来れば、捜査三課の情報も欲しい」初めて「三課」の名を口にした。

デスクは、「三課」は強力犯でも経済犯でもない部署であるから、謎の情報源である泥棒からの要求かと考えた。

「分かった」デスクは応えた。どこまで、事前従犯になるか？

情報源の貴重な情報を身に沁みて分かっているデスクは、腹を括って応えた。

9

「捜査三課は、まだ俺達の存在には気づいていないようだな」

岡田が言った。

ここは岡田のマンションのリビングである。

川崎と紀子もいる。久し振りに、四人が顔を揃えた事になる。

「ひょっとすると、強盗殺人事件の方に駆り出されているのかな」川崎が言った。

「いや、多分それはない」岡田が応える。

「何故だ」川崎が訊く。

中島は答えを知っていた。紀子は答えを考えていた。

「強盗殺人事件は、捜査一課の担当だ。窃盗はあくまで捜査三課の守備範囲だ」岡田が解説した。

「成程」川崎が応じた。

「問題は、未解決の窃盗事件を捜査三課がどう判断しているかだ」岡田が言った。

「その辺は、今度情報を持って来るよ」中島が報告した。

「未解決の詐欺事件は？」川崎が訊いた。

「訊かないよ」中島が応じた。

「訊けば、中島の正体にあの記者が気付くからな」岡田が解説した。「あの記者は実に鋭い」

中島は嬉しくなって言った。「ところで、人を殺しては何故いけないのかな？」

三人が中島の顔を見詰めた。

「俺なりに考えたのだがね」中島が言った。「他の意見も参考にしようと思っている」

「人の命は地球より重いからか？」川崎が意見を言った。過去の日本の総理大臣の発言である。

「それは単なる比喩に過ぎない」岡田が断定した。「実際には人は殺されている」岡田は現実的事実を言った。その通り。中島は心の中で頷いた。

「人を殺していけないのは、人の命が何より尊いと考えられているからだ」岡田が言った。

中島が心の中で頷いた。

「しかしそれは物事の一面に過ぎない」岡田は続けた。「歴史を見ればそれが明らかだ」

岡田は言う。「どれだけの人が殺されてきた事か」岡田が結んだ。「という事は、世の中から殺人はなくならないと結論づけられる」

「では、殺し屋の存在はどうだ？」中島が訊いた。

「歴史を紐解けば、殺し屋の存在は確かにある」岡田は解説した。三人は皆、岡田の言葉に聞き入っている。

「記録に残る最初の殺し屋は、中国の荊軻だ」岡田は続けた。「本来の意味でのプロの殺し屋ではないにせよ、殺し屋である事には変わりはない」

岡田は更に続ける。「荊軻は雇われて、始皇帝を暗殺しようとした」これは歴史的事実である。

紀元前二百二十八年、七つの国が覇を争った古代中国の戦国時代が終わろうとしていた。時の秦の国王・政を暗殺しようとして送り込まれたのが、燕の国の人で剣の達人・荊軻である。彼は秦から亡命した将軍・樊於期の首と燕の肥沃な督抗の領土を土産に、秦に赴き政に面会を求めた。

司馬遷の『史記』でも有名だが、王宮の中で剣を持つのを許されるのは国王その人だけであった。荊軻は督抗の地図の巻物の中に短剣を隠しておき、政が地図を開いた時に短剣で政に切りつけた。政は顔に傷を負った。

もしこの暗殺に成功していたら、中国の歴史は異なるものとなったに違いない。荊軻は、政が長剣を背負って抜いた事により、切られて死んだ。激怒した政は、燕の国を滅ぼし中国全土を征服した。政は自らを始皇帝と名乗り、長い中国の歴史にその名を残した。

「歴史上に、多くの殺し屋がいたに違いないが」岡田は解説を続けた。「残念ながら、名を残した殺し屋はあまりいない」三人は岡田の解説に聞き入っている。

「しかし、映画や小説に殺し屋が登場するのは、やはり現実にモデルがいるからだろう」岡田が言った。

「俺の覚えている作品だと、海外映画の『シェーン』と『ジャッカルの日』や『隣のヒットマン』に『ジャッカル』（『ジャッカルの日』とは別の映画）、それに『レオン』だ」岡田は一息入れた。

ジョージ・スティーヴンス監督『シェーン』は、主演アラン・ラッドが格好良かったが（伝説の早撃ち0・5秒）、ウオルター・ジャック・パランスが演じたガンマンの存在が印象深かった。彼が酒場に登場した時に犬が気配を察して離れていく場面が、その殺し屋の怖さを物語っていた。

岡田は解説を続けた。

「小説では『深夜プラス1』と『ジャッカルの日』、『シブミ』や『殺し屋から愛をこめて』が海外作品で、日本では『なめくじに聞いてみろ』や『ＡＸ』など、数えあげればかなりある」

フランク・マコーリフ著『殺し屋から愛をこめて』は、この種の作品としては珍しくスラップスティックな内容である。勿論、殺し屋の腕は抜群である。

「漫画では『ゴルゴ13』が代表格だ。という事は、確かに現実世界にモデルが存在しているとの可能性が考えられる」岡田は歴史的事実から、現実の話題に話を移した。

「あれだけの数の殺人事件が起こり、猶かつ容疑者全員にアリバイがあるなら、容疑者が殺し屋を雇ったと考えるのが妥当だ」岡田は結論づけた。

その通り。中島は心の中で頷いた。

10

中島は引き続き社会部デスクから情報を得ようとしたが、あまり貴重なものはなかった。どうやら警視庁は報道規制を行っている様子である。

報道規制？　或いは協定？

呼び名は兎も角、情報が少ないと今後の活動（営業と呼ぶべきか）に影響を及ぼす。しかし、焦ってはならない事を、中島は中島なりに学んでいた。急《せ》いては事を仕損じる。昔の諺は実にためになる。

一方、社会部デスクは中島が情報の少なさに文句を言わないのを不思議に思い、かつ感心もした。流石である。

デスクとその若手の部下達は、今進めている調査をもとに、最初の折衝から始まる殺し屋の雇い方、報酬の金額の決定、依頼人のアリバイの確実さなど、出来るだけ具体的な事例を挙げて記事にしようとしていた。

それが上層部の気に入るかどうかは、まだ分からない。

余りにも生々しい内容だからである。

しかしデスクは、「報道の自由度ランキング」において、何としても日本の報道が上位になるようにしたいと思っていた。

そのために自分の出来る事を、出来るだけ実行すると、デスクは決意を新たにしていた。

了

追記

浅野裕一氏・著『「孫子」を読む』（講談社現代新書）を、本稿の執筆にあたり参考にさせていただきました。

氏の数々の教えは、筆者にとってかけがえのない財産となりました。

謹んでここにお礼申し上げます。

弾痕の一致

1

「さあ皆さん、これでビーフィーターとヨーマン・ウォーダーズの違いはわかりましたね？」（どちらも英国王宮の衛士の呼び名だが、語源が異なる）

西部の午後が近づきつつあった。教室の中の子供達は、タウンズ先生の前で、まるでお腹を空かした七匹の仔豚のよう。

「先生、質問があります」

声の主は教室の窓の外だった。南部訛りがかすかに響く。でもタウンズ先生にはとても快い声。

「人殺しと殺し屋の違いは何ですか」

タウンズ先生が答えるより早く、教室内の仔豚達が一斉に鳴き始めた。

「人殺しはドク・ホリディで、殺し屋はリバティ・バランスさ」

「あれ、ドク・ホリディは殺し屋だよ。ダッジ・シティから西は、ドクの作った墓がない町なんて、全然見当たらないんだ」

「違うよ。ドク・ホリディは医者で、人殺しはリンゴォ・キッドだよ」

「静かにして」

タウンズ先生の一言で、仔豚達は一斉にして学校の生徒に戻った。

「今日の授業はこれで終わりにしますが」タウンズ先生は精一杯に平静を装って言う。

「ミスタ・スターレットの御質問にお答えしておきましょう」

窓の外のミスタは、帽子の庇に手をやって応えた。

「この西部で人殺しと殺し屋の違いを言うなら」とタウンズ先生。「それは特別な理由があって人を背中から撃つか、単にお金を貰っただけで背中から撃つかの違いです。では皆さん明日教会で」

ライツヴィル・シティの小学校は、キャリントン雑貨店とリッチウェル理髪店に挟まれていた。その薄暗い教室から子供達が陽の当たる場所に飛び出して行ったあと、タウンズ先生も外へ出て、扉に鍵を掛けた。

「ミス・タウンズ」

彼女は振り向いた。

「御邪魔をしてすみませんでした」

上質のステットソンの帽子に鞣し皮のチョッキ、黒っぽいデニムの裾を頑丈なジャックブーツの中にたくし込んで、手には銃身の極端に短いライフルを持った、どこから見ても一部の隙もないカウボーイが人なつっこそうな笑顔を見せて立っていた。

「なんでもありませんわ。ミスタ・スターレット」彼女は自分の顔が赤くなるのを意識しながら言った。「でもどうして、いつもキャシーと呼んで下さらないのかしら」

「それはね」カウボーイは一緒に通りを歩きながら応えた。「あなたが僕のことをロジャーと呼んで下さらないのと同じ理由からですよ」

東部的な言い回しをうまく真似て、彼はかすかに笑った。

「それはね」彼女も応じた。「あなたがクラントン牧場の牧童頭だからですわ」

二人はいつの間にか酒場とホテルが対角線に位置する十字路に出ていた。

「牧童頭をミスタと呼ぶのは、ボストンの作法でしょう。ここは……」

「ええ、ここはライツヴィルですわ。でも別に私の生まれ故郷に、そんな作法はありませんでした。ただ人から尊敬されている地位の方をファースト・ネームで呼ぶには、とても勇気のいる土地でしたわ」

牧童頭氏は、彼女の美しく上気した顔を眺めながら小首を傾げた。

「人から尊敬？　僕が？」

「西部で五本の指に入る大牧場主ミスタ・クラントンに最も信頼されている人ってみんな言っていますわ。それに拳銃やライフルで……」相手の右手に握られているものを見ながら、「あなたの右に出る人はいないとか」

ロジャー・スターレットはテネシーから流れて来てクラントン牧場で現在の地位を獲得するまで、様々な仕事をしていたと言われている。

「まさか。早撃ちではとても保安官には敵いませんでしたよ」

言ってしまってから、二人は眼を見合わせた。沈黙が一瞬二人を包み込む。

「あの辺なのでしょ？」

「ええ、保安官事務所へ巡回から帰る途中だったのですよ」

「背中から撃つなんて……」

彼女の口調に含まれたものに、相手は敏感に反応した。

「人殺しのやりそうなことですか」

「復讐するなら、正面から堂々と撃ち合うべきでしょ」

「さあ、それはどうですか。保安官を知る者なら……」

「ええ、そうでしたわ。勝ち目のない勝負を南部の人はしないのでしたわね」

「特に、殺し屋はね」

と、男は物静かに言った。

「この町には、殺し屋だか人殺しだかが三人いたわけね」

「今のところは容疑だけですよ」

保安官殺害容疑者として、ライツヴィル・シティは三人の男を追及している。いずれも保安官に恨みをもつ者ばかりだった。

ルーク・フレッチャーは猟師で、六年前ショットガンで人を殺し、保安官と激しい銃撃戦の末逮捕された。その際口汚く保安官を罵った。『必ず貴様を殺してやる！』彼は先頃の特赦で出獄し、ライツヴィル・シティの周辺の山林に姿を現していた。

スターク・ウィルスンは、二年前メンフィスからお尋ね者を追ってきた賞金稼ぎだった。この町の酒場でそのお尋ね者を殺したが、背中から撃ったということで保安官に逮捕された。その時の一瞬の撃ち合いで、ウィルスンは左の上腕に貫通銃創を負った。刑期を終えた彼は、別人になりすまして、ライツヴィルのホテルに宿泊していた（保安官殺しの騒ぎが起こってから、ホテルの泊まり客がウィルスンだと判明した）。

ジョニー・バレンタインはカウボーイである。十か月前に牛の群れを率いてライツヴィル・シティを通過した際、派手な喧嘩をして保安官に逮捕された。このトラブルで東部の取引に後れをとり、契約は成立せずにバレンタインは破産の憂き目に遭っている。

保安官が何者かに殺害される日の朝、フレッチャーは山林を出て川を渡るところを人に見られている。博打打ちを装ったウィルスンは午後遅く酒場に行き勝負を始めたが、いつの間にかその場からいなくなっていた。バレンタインは隣町にいるという噂があるだけで実際に姿を見た者はいなかった。いずれにせよ保安官が撃たれたと思われる時に三人とも行方不明であり、それゆえ追われる身となっていた。

「不思議なのは、スターク・ウィルスンが誰の目にも触れずに酒場を抜け出せたことですよ」

牧童頭の声がミス・タウンズの耳のそばで聞こえた。

「みんなお酒と賭け事に夢中になっているのだから、一人ぐらいいなくなっても気がつかなかったのでしょうね」

「酒と賭け事――それに女と言いたいのでしょう？」

「ミスタ・スターレット！　あなたがそういう冗談さえおっしゃらなければ、私達はとても仲の良いお友達になれると思うわ」

「今だって十分仲の良い友達ですよ。ミス・タウンズ」

相手の屈託のない笑顔を見て、抗議をしかけた口を閉じた。

二人は町角にあるホテルの食堂に入った。その窓から、殺人現場になった通りが一直線に見渡せる。

「夜の巡回で保安官がそこまで来ると、酒場の明かりで絶好の標的になるんですよ」

彼女は頷いた。通りの北側には酒場、鍛冶屋、民家が三軒、厩、そして通りの終わった町はずれに柵囲いがあった。

「あの晩銃声を聞いたのは、グラフトン家のボブだけでしたわね」

ナッシュビル出身の保安官が撃たれた時刻は、正確には分からなかった。死体が発見されたのが午後十時を過ぎていたが、厩の斜向かいの馬具店の息子が銃声らしき音を隣の家の裏で遊んでいる時に耳にしている。時刻は、家屋の内にいた母親が早く寝なさいと言った午後九時から暫く経った頃である。

「そう、それも不思議な事ですね。ミセス・グラフトンは少々耳が遠いうえに窓を閉め切った家の内にいたから銃声が聞こえないのも無理ないけど、現場に一番近いロビンスン家の娘が聞いてないのは変ですよ」

「あら、ちっとも変じゃないわ。ミス・ロビンスンに銃声が聞こえなかったのは、きっと犯人が柵囲いのそばから撃ったためよ」

「えっ？　まさか。あそこから鍛冶屋の前まで、四十ヤードはありますよ。拳銃では無理です」

「でもライフルなら？」

相手は暫く考え込んだ。

「そう、ライフル射撃なら可能ですね。しかし、それには相当な腕が要求されますよ」

「逆に言うと、犯人は一流のライフル・マンになるわけだわ」

「おや、何だか巡回裁判の時の判事みたいな口振りですね」

彼女はにっこり笑った。

「ミスタ・スターレット。ひょっとすると、誰が保安官を殺したかわかるかも知れなくてよ」

ミスタ・スターレットは目を剥いた。

「誰です、それは」

「あなた、本当にわからなくて？」

2

保安官の褐色の体から摘出された凶弾は、確かにウィンチェスターのライフルの銃弾であった。背中から心臓に達しており、おそらく即死に至らしめたらしい。撃った人間は誰なのか？

「三人の容疑者を消去法で調べてみるのよ」

「消去法？」

「ええ、わかっている限りの犯人像を、容疑者と照らし合わせてみるの。当て嵌まらない点がある容疑者をそうやって一人一人消していくのよ」

「この場合、つまり二人ですね」

「そうね」

「でも、もし……」相手が何ごとか考えついたように顔を上げた。「もし三人とも消えてしまったら?」

彼女はにっこり笑った。

「それには三つの可能性が考えられるの。まず三人とも容疑者ではない。保安官を撃った人は別にいるわけね。私達が思いつかないだけで」

「信じられない」

「ちょっとありえないわね。でも可能性の一つには違いないわ。で、次に考えられるのは、私達の考えた犯人像が間違っていること。ところで、今までで言えるところの犯人のプロフィルは?」

相手は眉をしかめて言い始めた。

「人を背中から撃つことも辞さない男。保安官に恨みを持つ男。それからライフルを持つ男。――これくらいかな」

「あら、それだけでは正確じゃないわ」

「え?」

彼女はゆっくりした口調で説明する。

「男もしくは女でしょう。町の皆さん、どういうわけか犯人は男だと決め込んでおられるけど、女にだって人は殺せますわ」

男は唖然として相手の顔を見つめた。

「そんなまさか。第一、保安官に恨みを持つ女性なんて全然知りませんよ」

「そこなの、私が言いたいのは。よく聞いて。犯人が保安官を撃った動機は、果たして恨みからなのかしら」

「と言うと？」

「別の理由は考えられない？」

「例えば、金で雇われてとか」

「殺し屋ね、そうよ。犯人は別に保安官に恨みがなくても、ましてや会ったことがなくてもいいわけ」

「成程。そういう犯人像もあるってわけですね」

「だから」彼女は微笑んで語を継いだ。「殺害動機を怨恨だけに置いて犯人を推定するのは、とても危険な考え方なの」

「逆に言うと、我々は犯人として推定しやすい三人の男を挙げて、そこから殺害の動機を決定してしまっていた、となるのですね」

「まあ、ミスタ・スターレット、とても飲み込みの早いこと」

当のミスタはくすっと笑った。

「まるでタウンズ先生の教え子のようにね」彼女が何か言うよりも早く、「でも、さっきの犯人像に女性を含めるわけは？」

「それは正確を期するためでもあるし、あなたは知らないって言われたけれど、本当に保安官を殺してやりたいと思う女性がいるかも知れないでしょ」

「それはそうだけど、それこそ信じられない」

「あら、私の言うことは何から何まで信じられないの」

「いや、そういうわけじゃありません」相手はたじたじとなって言った。「ただあなたの挙げた、その可能性の二つ、ほら消去法で三人とも消えちゃう可能性が、つまり信じられないと言っているんですよ」

彼女はにっこりした。

「三つめの可能性が残っていたわね。それはこれこそ信じられないけど、容疑者と犯人像を照会してみて当て嵌まらない点は、実は当て嵌まらないように見えるだけで、つまり犯人がそのように見せかけている、ということ。わかる?」

「例を挙げて下さいよ。ちんぷんかんぷんだ」

「消去法で?」

相手は頷いた。

3

「では、最初の容疑者であるルーク・フレッチャーからやってみますか」

相手は目を天井に向けて言った。

「彼は獲物を撃つ時は必ずショットガンを使います。二連式のやつで、有効距離はせいぜい二十ヤード。彼は保安官に恨みを持ってはいたが、あの約束通りに殺したとすればやはり散弾を使ったでしょうね」

「その理由から、彼は消去されるわけね」

「おかしくはないでしょう?」

「では、次にいってみましょう」

今度は、彼女の顔を見詰めながら口を開いた。

「次はスターク・ウィルスンです。彼は、そう彼にはこれと言って消去の理由はないですね。むしろ、別人になりすまして町にいたという事実は、彼こそ犯人だと思えます。それに事件のあと行方不明なのだから、なおさらです」

「あら、そうかしら」彼女はにっこり微笑んでみせた。「別人になりすましていたことは、少なくとも保安官を殺そうとしていた、とは考えられるけど、本当に殺したとは言えないはずよ。勿論、容疑の重みは増すでしょうし、それだからこそ彼は行方をくらましたかも知れないでしょ」

「うむ」

「それに、あなたは消去の理由が思い当たらないようだけど、ウィルスンが保安官に逮捕された時のこと、御存じかしら?」

「ええ、聞いています。なんでもすごく早い撃ち合いだったとか」

「その時、彼は保安官に撃たれているのでしょう?」

「そうです。確か、左の腕だから……」

「ええ、上腕ですわね」

「それが消去の理由になるのですか」

「そう。つまりライフルで撃つとなると、左腕を怪我していては、四十ヤードの射撃は無理ということよ」

「成程。しかもウィルスンは早撃ちの名人であって、ライフル・マンではない」

「だから、復讐するなら拳銃で至近距離から撃ったでしょうね」

「ふむ」と、相手は考え込んだ。「それでは最後にジョニー・バレンタインですが」

「彼を消去する理由はあって？」

「さあ。僕には彼にもないようにみえますね。保安官によって間接的にせよ破産させられたわけだし、短気な男だったから頭を冷やすには十か月間など短すぎるくらいでしょうね」

「その通りよ。だから今までのところ、私達はジョニー・バレンタインこそが、犯人像からして消去されない唯一の男になるわけなの」

「うん。それはわかりました。でも、それでは彼が犯人なのですか？　先ほどの、容疑者と犯人像を照会してみて当て嵌まらない点は、そのように犯人が見せかけている、という説明はどうなのですか」

　彼女は再び微笑した。

「それをこれから言おうとしていたの。消去法によって三人とも消えてしまったわけではないけれど、二人までは消去されたでしょ」

「ええ」

「ところが、この消去は完全なものとは言えないの。

　フレッチャーの場合を考えてみましょう。彼は確かにいつもショットガンを持っているわね。でも保安官を撃つのに、わざわざ自分と知れてしまう武器を使うかしら。違うものを使うのが人間心理だと思うわ」

「成程ね。つまり僕達は、フレッチャーと聞けばショットガンと連想してしまう。逆に言うと、フレッチャーがそのように見せかけていたからですね」

「ええ。だから、もしフレッチャーがライフルにも熟達していたら……。それにね、彼はどうしてもショットガンを使いたければ使えなくはないのよ」

「え？」

彼女は頷いた。

「そうなの。彼は約束通りショットガンを使ったかも知れないのよ。ただ、散弾を使わなかっただけでね」

「わかりました」相手は大きく眼を見開いて言った。「鉛玉を込めるのですね」

「そう。でもウィンチェスター弾がフレッチャーのショットガンにも使用できたかどうかを、確かめる手立てがないものかしら」

「気がつかなかったな、それには。勿論、施錠のないショットガンだから四十ヤードの距離からでは、至難の業ではあるが」

「けれど、可能性がないわけではないでしょう?」

「成程ね」

その日何度目かの『成程』と言いながら、牧童頭は窓から通りを覗いた。

「驚きましたよ」

「もう一つ驚かせましょうか」

「なんです?」

「ウィルスンの件よ」

「ああ、彼にも何かあるのですか」

「これも、そのように見せかけている例だけれど、彼の上腕の傷はいつ頃のものかしら？」

「ええっと」そう言って、相手は顎に手をやった。「確か、もうかれこれ二年になるでしょう、あの撃ち合いからは」

「二年といえば、かなりの重傷でも完治してはいないかしら」

「ううむ」

相手は愕然として言葉を失った。

「すると、彼等二人ともに実際には消去されないわけですか」

「そう。さっき私達の行った消去の議論は、犯人、というよりも容疑者の実態把握に欠ける面が大きかったの。だから不完全な消去と言ったでしょう」

「へえ、それじゃあ振り出しに戻ってしまったわけですね」

「必ずしもそうじゃないわ。不完全な消去という意味では、ウィルスンやフレッチャーよりも三人目のバレンタインの方が重大なの」

「バレンタイン？　先ほどでは最も犯人らしい奴でしたよ」

「そう、逆に言うと皆から犯人と思われても仕方がない人となるわけよ。つまり彼は保安官にごく最近恨みを抱く原因を作り、しかも名うてのライフル・マンでしょ」

「そうですね。カウボーイという人種は拳銃やショットガンよりも、ライフルを職業柄多用します。しかしそれは人を撃つためではなく、牛の群れを襲うコヨーテやハイエナですが」

「ええ、つまり彼等にとってみれば、勿論あなたにせよ、ライフルはロープやナイフと同じように自分の体の一部なわけね」

「そうです」

「その自分の体の一部、つまり自分と知れてしまうものを使って人殺しをするかしら？見つかれば自分が吊るされる殺人を」

「ああ、さっきと似ていますね」

「そうなの。バレンタインの場合は、逆に消去される点が出てくるの」

「うーん」

「いかが？　さっきあなたが出した消去法による結論そのものにも問題があるの。だから振り出し以前の状態と言えそうよ」

「では行き詰まりですか」

「いいえ、そこから出発できるのよ。今までの推論は、犯人が四十ヤードの距離から保安官を撃ったという前提ですべて進めてきたでしょ？」

「ええ、そうですよ」相手は答えた。

「ではもしその前提を取り払ったら？」彼女は美しい眼差しを向けた。

「え？」

「つまり犯人は四十ヤードの距離からは撃っていない。もっと正確に言うなら柵囲いから撃ったのではないとしたら？」

「しかし、しかしミス・ロビンスンが銃声を聞いていない以上、それは考えられない！」

「そうでもないわ。いろいろな可能性を考えてみなければ、結論は出せなくてよ。例えばこれはあくまでも可能性としての話だけれど、ミス・ロビンスンが嘘を言っている、なんてね」

牧童頭は息をのんで相手の顔を見詰めた。

「あら、そんな顔をなさらないで。私達はあらゆる可能性について論じなければならない、その例として言っただけだから」

「いや、その例を思いつくあなたの頭が僕には怖いくらいですよ」

「まあ実際問題として、ミス・ロビンスンが偽証をする、またはしなければならない理由はなさそうですしね」

「そうですよ。何か得するわけでもなし」

「ただね、そういう理由があるとしても、私達は知ることができない立場にあることを忘れてはいけないわ」

「ふむ。でもやっぱり信じられない」

二人は食堂を出て柵囲いの方へ歩いて行った。右手に問題のロビンスン家が見える。

「彼女が本当に銃声を聞かなかった。しかもボブは聞いていたとすると、一体どこから撃ったことになるのですか？　まさかボブも嘘をついているなんて、言い出さないで下さいよ」

「ええ、可能性がないわけではないけど。ところであなたは今、私達がぶつかっている問題を実に的確に言い当てましたわね」

「ボブが聞いていて、ミス・ロビンスンが聞かなかったこと？」

「そうよ。私達は今までボブが聞いた銃声こそ、保安官殺しによるものと考えていたわね」

相手は眼を見開いて、次の言葉を待った。

「その銃声は九時過ぎにあって、保安官の死体はそれから一時間も経って発見されています。誰も死体に気づかなかったにしては、一時間は長すぎるとは思わない？」

「するとなんですか。ボブが聞いたのは保安官が撃たれた時の銃声ではないと……」

彼女は頷いた。

「二度目の銃声があったはずなの。多分十時ちょっと前あたりに」

「まさか。それなら誰にも聞かれなかったのはなぜです。それに最初の銃声の方は一体何だったんですか」

「まあちょっと待って。順番に考えてみましょう。二度目の銃声が、なぜ誰にも聞こえなかったか？　最初の銃声を聞いたボブにもね。ときにあなたは銃声を消す方法をご存じ？」

「ええ。完全には消せないけど一番効果的なのは、銃身を相手の体に密着させることでしょうね」

そう言って、牧童頭は相手の顔をじっと見つめた。

「そうね。そうすれば酒場にいる人にもわからなかったでしょう。大体が騒がしい所なのですから」

「それはだめですよ、ミス・タウンズ。そんなふうにして撃てばライフルの弾丸は、保安官の体を貫通するはずです。しかし実際は心臓でとまっていた」

どうやら、明確な反論ができてうれしいらしかった。

「反論の根拠はそれね」彼女はもう微笑まずに頷いた。「犯人はその点を克服したのよ。だから、犯人は大変頭の良い人ね」

「でも、実際どうやるんです？」

「実に簡単なことよ。火薬を少なくすれば、威力は減るでしょう？」

相手はびくっとした。

「じゃあ、あなたは犯人があらかじめ火薬量の少ない銃弾を用意していた、と言うのですか」

「さあそれはわかりません。その場でもできたかも知れませんから。ただ言えることは、犯人が多分保安官の左斜めうしろから近づいて撃ったということです。つまり保安官ほどの人が、背中を見せても安心していられる人物になるわけね」

「すると最初の銃声は？」

「これは私も犯人の口から聞いてみたいことなの。一体何だったのでしょうね。私にはただ、その銃声があとになって保安官殺しの時刻推定を狂わすことになると、犯人が計算したんじゃないかと思います」

「どうして？」

「犯人は、保安官が柵囲いから撃たれたと思わせたかったのよ。だから火薬も少なくしたの。四十ヤードの距離から撃てば、弾丸は貫通しないでしょう?　そしてこれが一番肝心な点だけど、保安官から信用されている自分を容疑者から外そうとしたかったのね」

相手は黙った。

「私が知りたいのは、動機の点なの。犯人はなぜ保安官を撃ったのかしら。これも犯人に聞かなければわからないわ」

4

暫くしてから、ロジャー・スターレットが口を開いた。

「知りたいのですか」

キャシー・タウンズがしっかりした口調で答える。

「ええ、ぜひ」

相手が決断したように言った。

「保安官がスターク・ウィルスンを背中から撃ったからです。ここでね」

二人の立っている柵囲いの辺を指差した。

「それがボブの聞いた銃声ですよ」

「それが理由なの？」詰問に近かった。

「ウィルスンはメンフィスの出身です。僕と同じテネシーの人間なんですよ。南部人なんだ」

「それじゃあ……」突然気づいたようだった。

「保安官が黒人だからなのね！」

「彼は南北戦争まではナッシュビルの一黒人奴隷にすぎなかった。ところが戦後は土地で暴動を起こした黒人としてテネシーから逃れた……」

「あなた、キュー・クラックス・クラウンなの？」（ＫＫＫ＝南部保守系の秘密結社）

「いや、僕は違います。あれはアトランタより南のものです。でも彼等の気持ちはわかります。僕も同じ南部人だから」

彼女は涙を浮かべながら尋ねた。

「南部人だから黒人を殺してもいいと言うの？」

「いや、人を背中から撃つ奴は逆に背中から撃たれても文句は言えないはずだから」

「でもどうして、保安官はウィルスンを撃ったのかしら」

「身を守るためですよ。ウィルスンが再びこのライツヴィル・シティに来たのは、保安官のテネシーでの旧悪を暴露するためということに気づいたからでしょうね」

「そうだったの」彼女は吐息をついた。

「じゃあ最後にもう一つ、お聞きしたいわ。それは保安官のチョッキに硝煙がついていない理由なの。背中に銃身を密着させれば当然つくはずなのに……」

「あれは……」牧童頭はにやりと笑った。

「そこまで考えつく人がいたら危ないので」彼女にうなずいて、

「ウィルスンのチョッキと着せ替えたんですよ。弾痕は不思議と一致しましたね。もっとも僕もそうなるように撃ったのですが」

追記

ショットガンでも鉛玉を撃てないことはない。一八八〇年代に英国のジョージ・ビンセント・フォースベリ大佐が、〝ボール・アンド・ショット〟という散弾と鉛玉を撃てる銃を開発し、ホランド&ホーランド社（H&H）が製造し〝パラドックス〟という商品名で発売された。この銃は、散弾銃の内壁がつるつるしているのに対して、銃口には弾丸に回転を与えるためのらせんが切られている。しかし、普通のショットガンでウィンチェスター・ライフルの弾を撃つことは不可能である。ウィンチェスターn73レバーアクション・ライフルの口径は大きいもので44口径（11・176ミリ）、ショットガンでは（12番径と仮定）18ミリくらいであろうか。

國學院大學大衆読物研究会会員・長谷川俊也氏の文章より転載

著者プロフィール

林 孝志（はやし たかし）

東京都出身
國學院大學文学部文学科・日本文学専攻
東京都在住
新宿区社会福祉協議会ボランティア

【著書】
『悪党たちの日常』（2023年、文芸社）
『日々雑感　1』（2023年、文芸社）
『日々雑感　2』（2023年、文芸社）

悪党たちの事情

2024年4月15日　初版第1刷発行

著　者　林 孝志
発行者　瓜谷 綱延
発行所　株式会社文芸社
〒160-0022 東京都新宿区新宿1－10－1
電話 03-5369-3060（代表）
03-5369-2299（販売）

印刷所　株式会社エーヴィスシステムズ

ISBN978-4-286-24779-3